KB071736

몽상 물고기

몽상 물고기

박진희 시집

발 행 처 · 도서출판 청어
발 행 인 · 이영철
영　　업 · 이동호
홍　　보 · 천성래
기　　획 · 남기환
편　　집 · 방세화
디 자 인 · 이수빈 | 김영은
제작이사 · 공병한
인　　쇄 · 두리터

등　　록 · 1999년 5월 3일
(제1999-000063호)

1판 1쇄 인쇄 · 2019년 12월 2일
1판 1쇄 발행 · 2019년 12월 10일

주소 · 서울특별시 서초구 남부순환로 364길 8-15 동일빌딩 2층
대표전화 · 02-586-0477
팩시밀리 · 0303-0942-0478

홈페이지 · www.chungeobook.com
E-mail · ppi20@hanmail.net
ISBN · 979-11-5860-715-9(03810)

본 시집의 구성 및 맞춤법, 띄어쓰기는 작가의 의도에 따랐습니다.
이 책의 저작권은 저자와 도서출판 청어에 있습니다.
무단 전재 및 복제를 금합니다.

이 도서의 국립중앙도서관 출판시도서목록(CIP)은 서지정보유통지원시스템 홈페이지
(http://seoji.nl.go.kr)와 국가자료공동목록시스템(http://www.nl.go.kr/kolisnet)
에서 이용하실 수 있습니다.(CIP제어번호: CIP2019046066)

청어詩人選 213

몽상물고기

박진희 시집

도서출판 청어

시인의 말

한 번씩 위안을 받기 위해 찾아가는 벗처럼 시를 대하며 삶의 가장자리에서 글을 쓴 지 오래다. 이야기를 풀어내고 다시 함축함으로써 살풀이를 하는 것처럼 감정을 정화했기에 글을 다듬는 시간만큼 삶을 사유하는 시간을 확보하는 것 같았다. 하여 시를 생의 여백을 채우는 정체성의 일부로 여긴다. 내 삶은 글을 만남으로써 용기를 내고, 방향을 틀어가고 있었기에 삶을 핑계로 글에서 멀어질 때면 벗에게 빚을 지고 갚지 못한 것처럼 늘 신경이 쓰인다. 살아간다는 핑계들을 하나씩 정리하고 억지로 견뎌온 삶의 방식을 흘려보내는 데 오랜 시간이 걸렸다. 기울어짐 없는 생의 운율을 짓기 위한 첫 걸음을 내딛는다.

2019년 겨울
박 진 희

차례

1부 태양의 뒤편으로 가는 계절

2부 기울기만큼 생겨난 허공을 메우기 위해

3부 생의 이력을 내려놓은 책들

4부 꿈꾸지 않으면 날은 밝지 않는단다

1부

태양의 뒤편으로 가는 계절

돌멩이 대화법

말이 생기기 이전엔 돌멩이로 대화를 나눴다는데
돌이 가진 질감 색감 무게감으로 마음을 나눴다는데
우울한 날 꽁무니로 늘어진 그림자 같은 돌
상처 받은 날 채석장에 막 따낸 모가 도사린 돌
즐거운 날 아가 볼 같은 돌을 쥐어줬다는데
아비와 자식이 주고받은 돌의 무게는 어떨 것이며
자식은 평생 그 무게를 짐작해야 했겠지
말이 닿기 전 모양과 무게가 먼저 닿아 느낀다는 게
말을 줄인 행간을 읽어나가는 것처럼 진중했겠지
무게를 실을 수 없는 말
가벼운 말의 시대에
가만히 나의 돌멩이를 주우러 간다
내게 원시적 직감이 남아 있길 바라며
누군가의 돌멩이었을 말들을 하나씩 느껴보기로 한다
난 말 없는 시대가 답답했을 거라 여겼지만
말의 시대가 더욱 갑갑함을 느낀다
말 속에 가두어진 실제를 가늠할 수 없는 것은
얼마를 걸어야 빛이 나오는 지 알 수 없는
동굴 속 미로를 걷는 것과 같았으므로
말은 가면처럼 어떤 감정이든 순식간에 숨겨내므로

아직도 말에 대해선 감각을 가지지 못한 난
깊이를 알지 못하고 섣불리 뛰어들기도 하는데
아무리 몸을 낮추어도
온몸을 담지 못하는 개울임에 맥이 빠진다
누군가도 내 말의 무게를 가늠하지 못해
다 저녁 급히 찾은 약국의 닫힌 문 앞에
막연히 서있다 발걸음을 돌리듯
돌아섰을 것이다
매일, 같은 음악을 듣고
점심시간, 같은 메뉴를 먹어내는 일들처럼
나도 그들도 신물이 난다
비틀거리는 아빠의 손에 들린 하드를
잠결에 일어나 받아들던 차디찬 기억
소나기를 맞고 돌아온 내게 건네던
김이 오르던 설탕물의 기억
언 손등을 감싸던 입김의 기억
손에 쥐어진 모난 돌조차
이리 돌리고 저리 돌리는 동안 둥글었던
우리가 주고받던 돌멩이대화법

바람모퉁이

해안가 절벽
파도가 남긴 모서리
파도에 쓸려온 온갖 그리움이 쌓여
높고 둥근 모퉁이가 되었나
바다를 향해 난 길을 따라 오르는 차들이
한 번은 쉬어가는 곳
그곳에 서서 모퉁이를 돌아가는 바람을 보네
방향을 틀어 먼 곳으로 나가기 위해
잠시 속도를 줄인 바람
아라비아 사막의 모래를 실어와
바스락거리는 대륙의 온기를 부려놓는 바람
아버지는 사막을 떠돌다 2년에 한 번
바람이 모퉁이를 지나듯 집으로 왔다
엄마는 아버지가 오기로 한 그날만을 기다렸는지
바람이 온 힘을 다해 불어와 부딪힐 수 있도록
그리움으로 모서리를 만들었다
훌쩍 커버린 자식들과의 해후가 서먹한 바람
사막의 금은보화를 부려놓곤
모퉁이를 돌아갔다
아내도 자식도 술도 없는 곳
하얀 터번과 선글라스를 쓴 아버지가

항공 봉투에 담겨 보내졌다
엄마는 오빠, 큰언니, 작은언니
볼펜에 끼워진 몽당연필 같은 나를 세워두고
아버지가 보내준 필름 사진기로 찰칵 찍었고
오빠에게 때론 큰언니에게 낯선 주소를
그림을 베끼듯 항공 봉투에 적게 했다
아버지가 보내준 편지들은 어디로 갔을까
2년에 한 번 전셋집을 옮겨 다니는 동안
아버지의 그리움들이 흩어졌다
처용 같은 얼굴들이 그려진 먼 곳에서 날아든 우표들
봉투에 물을 묻혀 조심스레 뜯어냈던 나의 방학숙제들도
아쌀라무 알라이쿰 먼 곳의 소식처럼 흩어졌다

단풍선사

늦가을 암자의 마당을 채우는 울림
열반을 준비하는 오백년 묵은 수행
다섯 세대가 아웅다웅 살다가
세간살이 한 점 지니지 못하고 떠나는 동안
벽련암 흙 마당에 가부좌를 틀었네
서래봉이 내어주는 바람과 온기로
제 몸의 욕심을 걷어내고
가장 뜨거운 계절에 푸른 잎사귀
안으로 흔적 없이 자신을 가두는 일은
해를 거듭할수록 수월했을까
태양의 뒤편으로 가는 계절이 오면
어리석은 시절은 가고
흔적도 없이 사라졌던 나를 찾아
조용히 붉어지는 선사여
다섯 세대가 푸른 잎으로만 살다가
서슬 퍼런 두려움으로 사라지는 동안
비로소 찾은 자신조차 툭 툭
먼지를 털 듯 미련 없이 내려놓나
다시 열반을 준비하는
앙상한 수행자의 모습으로
모든 것들과 결별하며

억만년을 이어온 생명들조차
온기를 찾아 몸을 웅크리는 계절에도
미동도 없이 가부좌를 트는 선사여
먼저 열반에 든 수행자인가
암자를 감싸 안은 서래봉
정갈한 미소로 흙 마당에 든
그대를 지키고 있네

맥문동

맥문동 하고 너는 말했다
바보처럼 어느 동네 이름이냐고 물었다
오래도록 전통을 이어와 멋스럽게
머물고 있는 마을쯤으로 생각하며
고향의 보수동 같은 곳 일거다 여겼다
너는 둥근 눈웃음 지으며
맥문동으로 가자고 했다
서울 북촌 같은 동네일까
동대문 돌산마을 같은 곳일까
아무래도 서울물 먹지 못한 내가 모르는
숨은 명소일 거라 생각했다
길가의 가로수 아래
아파트 단지의 그늘진 구석에
난처럼 고고하게 자라난 맥문동
식물답지 않게 단단한 이름 때문에
좋아하게 된 풀
산 속 후미진 자리에 자라난
춘란 같기만 한 잎 사이로
장마가 지나고 불쑥 솟아난 꽃대에
알알이 연보라 꽃 피운 동네
혼자 있을 때보다 무리를 이룰 때

맥문동 제 이름처럼 멋스러웠다
웬만해선 뿌리 내리지 못하는
도시의 그늘진 곳에
여러 해가 지나도록 단단히 뿌리 내린 사람들
삼백예순날 일해도 배부르지 못한
순박한 웃음 웃는 아제와 아지매같이
고고한 꽃대 올려 연보라 꽃 피운 동네
맥문동 너 때문에 매일 걷게 되는
낡은 아스팔트 가로수 길
나잇살 들어 보이는 아파트

우화

참나리 꽃봉오리에 참매미 우화라니
고추처럼 매달린 주홍 꽃잎 위에
주물에 쇠를 부어 금형을 떼어낸 듯
여린 발끝까지
고스란히 남아 있을까
어린 날의 흔적을 손상 하나 가지 않게
사뿐 내려놓았다
반투명 허물을 벗는
적요의 시간과 고독
참매미는 젖은 날개를 말리며
날개 이전과 날개 이후 사이에 머문다
한 번도 허물을 벗은 적 없는 나는
어린 날의 흔적을 보지 못했다
내 가장 금가기 쉬운 마음 끝까지
주물에 쇠를 부어 금형을 떼어낸 것처럼
떼어낼 수 있다면
젖은 날개를 말리는 동안
아직 성장하지 못한 마음을 잠시 바라볼 수 있다면
어린 날의 흔적을 손상 하나 가지 않게
가장 아름다운 모습으로 남겨놓을 수 있다면
적요의 시간과 고독 속에

소리 없이 허물을 벗고
수많은 나무들과 만나겠다
맴맴맴 이명처럼 진동하는
생의 외침 속에 맴맴맴

이팝나무 계절

여름이 시작될 무렵이면
아련한 어제와 설레는 내일의 향기가 난다
변덕스럽게 추위를 몰고 온 봄은
지나고 나면 노란 꽃을 피우는 햇살이었고
살갗을 태우며 장마를 몰고 온 여름도
단단히 여문 열매였다
숙성된 반죽이 부풀어 오르듯
흰 꽃잎은 조용히 부풀어 올라
일 나가는 아버지의 고봉밥처럼
보슬보슬하고 든든한 한 끼로 피어난다
저녁이 이슬을 몰고 와
마른 꽃잎을 나긋이 적시면
이팝나무가 노곤한 향기를 벗는다
아버지가 벗어 놓은 근무복의 냄새처럼
아련하게 가슴을 저미는 향기
아카시의 계절이 지나고
향기로운 시간이 끝나갈 때
아버지의 생애처럼 조용히 부풀어
어스름 녘에 향기를 벗어내는
여름의 문턱에 마중 나온 파수꾼의 계절

구절초

아홉 번은 꺾여야 꽃이 된다
아직도 내게 오만이 남아 있다니
교양인인 척 아무리 숨겨 봐도
마음속에 나보다 못한 이라 새겨두면
누군들 알지 못할까
올 가을이 오기까지
내 안의 오만들을 뚝뚝 꺾어내면
아홉 마디 굵게 새긴 꽃이 되겠지
온 산을 뒤 덮는 눈 시린 꽃이 될 게야

너의 이름

너른 잎 키운 층층나무에
소리 없이 입주한 노린재의 등에
노랗고 선명한 심장 있네
수많은 알을 낳아 품는 동안
먹지도 움직이지도 않는 모성 때문에
저렇게 예쁜 사랑무늬 새겨 준 거야

한번 쯤 지린내 물씬 풍겨야 살 수 있는
너의 이름이 에사키뿔노린재라니
심장을 두 개씩이나 가진 네게
바다 건너 사람의 성이라니

제 몸의 크기만큼 알을 낳아
고스라니 품어내고
자글자글 새끼들을 키워내는
세상에 너 만한 모성 또 있을까

모든 것이 미물의 본능이라면
사람들은 왜 그럴까
제 몸의 크기만큼도 품지 못한
어린 아이도 심장은 있지

저보다 작은 것들 가볍게 밟으면
심장 하나 밟아버린 거야

과육으로 가득한 줄 알거야
부서진 껍데기 사이로
삐져나오는 물컹한 심장

다시 불러보는 너의 이름은
사랑무늬뾸노린재

가을뻐꾸기

가을에 뻐꾸기가 지저귄다면
구슬픈 웃음일까 울음일까
뻐꾸기 여름을 알리는 전령사인 줄 알면
잠시 걸음을 멈추고 고개 돌려주겠지
어떤 바보 같은 뻐꾸기가
아직도 헤매고 있느냐
혀를 차는 사람들도 있을 거야

누구에게나 여름은 있지
살아남기 위해 가장 치열했던 시절의 이야기
남의 둥지에 몰래 알을 낳은 어미와
남의 알을 둥지 밖으로 몰아내는 새끼의
모진 세월까지 모두 여름인 거야
눈이 시리도록 빛났던 너른 잎나무들이
생의 부끄러움을 가려주었지만
제 몸의 곱절이 넘도록 길러준 의붓어미를
떠나야 하는 가을이 올 때쯤
어김없이 서글픔은 밀려오고

세상 물정 모르는 어느 뻐꾸기가
탁란으로만 클 수 있는

운명을 거스르는 소리인 거야
눈이 시리도록 빛나는 너른 잎나무 아래
생이 부끄럽지 않기 위해

된서리 맞고 얼어 죽을
가을빼꾸기 같은 소리한다고
때론 시절에 맞지 않는 엉뚱한 소리들이
생을 빛나게 하는지도 모르는 거야

주상절리

바닷물이 쓸려왔다 밀려가는 시간에 베인 상처
열기로 솟아오른 붉었던 울음이 바다로 흘러
치지직 치지직 열기를 식힌 자리
사방이 책으로 꽂힌 빼곡한 서점에서
한 권의 책을 빼내어 읽어나가듯
바다의 격자무늬 하나를 떼어 내어
너의 이야기를 읽고 싶다
날카롭고 거친 세월의 이야기와
겹겹이 층을 이룬 억겁의 역사까지
책장을 펼치면 바다가 두 팔을 한껏 벌려
먼 바다로 지구의 반대편으로
맨틀을 지나 해마가 잠들어 있을 지도 모르는
가장 깊고 뜨거운 곳으로 데려가
쓸려왔다 밀려가는 들물과 날물이 된다
등대로 뻗어나간 교각이 홍합과 석화로 뒤덮여
이따금 웅웅 바닷소리를 낸다
바닷물이 밀려나간 자리에
암모나이트를 닮은 고동과 따개비
독을 품은 줄무늬말미잘이
별책부록처럼 남아 있다

다람쥐 도로

다가오는 차를 빤히 쳐다보다
기어이 차를 세우고선
오던 길을 되돌아가는 다람쥐

아직 꼬리의 털이 옹골지게 차지 못한
어린 뒤태를 보이며
가볍게 절벽을 타고 숲속으로 사라졌다
어린 것의 여운을 싣고
굽은 길을 내려갔다

한 차선을 채 넘기지 못한
작은 것들이 어지럽게 터져있었다
겨울잠에서 깨어난 개구리가
봄날의 도로 위에 어지럽게 터진 것처럼

한 굽이 돌 때마다
다람쥐가
붉고 어지러운 모습으로
비린내를 피워 올렸다

굽이굽이 이름난 산을 휘감은 도로는
그날따라 끝날 줄 몰랐고
자꾸만 보게 되는
도로 위 붉은 다람쥐들

해빙기

날이 풀리면 끝날 줄 알았어
오랜 추위의 끝은
모든 것이 제 자리를 찾아
동파기 이전의 시절이 될 줄 알았어
몇 날 며칠 얼음이 녹았고
혈액 같은 물이 새어 나왔어
눈물처럼 오랜 아픔처럼
팽팽히 견뎌오던 오랜 감정이
그만 콸콸 쏟아지고 말았어
몸 구석구석 실핏줄까지 돌고 있던
그 많던 감정이 모두 빠질 때까지
오래도록 물을 뺐어
이렇게 추울 줄 알았을까
네가 없는 곳
잊지 않고 찾아오는
혹한 동파기 속에
매번 터지는 곳은 같지만
아무리 감싸고 동여매어도
팽팽히 부풀었다 터지고
눈물처럼 반짝이다 콸콸 쏟아지는

가을 밟기

내게 가을 같은 친구 하나 있음 좋겠네
반들반들한 콘크리트 바닥으로
또박또박 걸어 다니는 아픈 발에
폭신폭신한 낙엽 깔아주는 그런 친구
가을이 오는 때도
가을이 가는 때도
반들반들한 건물 벗어나지 못한 내게
집으로 가는 차 안으로
바스락거리는 가을 옮겨다 주었으면
그럼 나는 가을이 머무는 내내
가을 밟기를 할 수 있을 텐데
눈부신 파란 하늘 아래
나뭇가지에 달린 오색 단풍 구경보다
더 오래도록 기억할 가을이 될 텐데
내게 가을은 잃어버린 계절
몇 해가 지나도록 가을 잊고 사는 나의 생을
알록달록 말라가는 낙엽으로 깔아 줄
그런 친구 하나 있음 좋겠네
그럼 나는 가을이 머무는 내내
친구가 선사한 가을이라 자랑하겠네
내게 계절 하나 근사하게 선물한 친구라 자랑하겠네
내년이든 이듬해든 다가올 모든 가을이
딱딱한 생의 발아래 머무를 텐데

발자국의 노래

미륵보살이 도와준다는 동그마니 앉은 항구
십 년 전 방값이 같은 갈망 없는 여관에 들었네
시나브로 몰려왔다 쓸려 가는 강 결 같은
바다 결이 위무해 주는 곳
미처 발붙이지 못한 섬들까지 부여잡은 다리가 있는 곳
메듀사의 화석 닮은 날개 단 것들의 야트막한 발자국과
먼저 다녀간 묵직했던 사내의 통곡
따라온 아가들의 걸음들
바람에 실리지 못한 채 남아있으면
상주 해안가 달집 주변으로 놀이패의 발자국
밤이 짙도록 아픔을 달래며 갠지갱 갠지갱
보름달 보다 더 큰 달무리 이루네
고성에 남은 공룡 발자국마냥
시멘트 위 실수로 찍어 놓은 발자국도
한번쯤 역사가 될 텐데
밑바닥이 닳도록 소리 없이
살아가는 동안 남루해진 밑창을
박하분 같은 모래 삼엽충 같은 갯돌
석화 만개한 개펄에 새기네
밤새 밀물과 썰물이 오며 가며
갠지갱 갠지갱 씻어주겠네

슈퍼문

오늘은 슈퍼문이 뜨는 날
손을 뻗으면 닿을 듯 가까운 거리에
달의 땀구멍까지 바라보는 날
숨 막힐 듯 눈부신
달의 숨소리에 눈을 감겠네
가까워진 달과 지구의 거리처럼
너와 나의 거리도 가까워지는 날
달이 위성처럼 지구 주위를 돌며
너와 나의 거리를 좁혀주는 날
우리는 달 때문에
가까워졌다가 멀어지는지 모를 일이네
멀어진 달과 지구의 거리처럼
너와 나의 거리도 멀어지는 날
그게 다 타원형으로 돌고 있는 달 때문이야
우리 사이가 한없이 멀어진 날도
궤도를 벗어난 적 없는 달의 공전으로
다시 가까워질 날 점칠 수 있지
먼 곳을 떠돌다 연금술을 전해주는 집시들처럼
나와 멀어져 떠돌던 곳에서 구해온
너의 진기한 이야기를 듣지
오늘은 코앞에서 너를 보겠네
너의 숨소리에 눈을 감겠네

물고기자리

폐경이 지난 엄마에게
생리대를 찾는다
감춰왔던 지병이라도 들킨 듯
내게 그런 게 있을 리 있나
언니가 남기고 간 게 있으려나
장롱 깊은 곳을 뒤적인다
가게로 발길을 돌리는 동안
한참을 돌아서지 못한
엄마의 뒷모습을 밟고 간다

한 개 핵이 자궁을 뚫을 때마다
부풀던 가슴 오래란 걸
가슴 부풀고 진정될 때마다
엄마도 눈 가린 채 촉각을 세웠을까
구겨진 항아리 같은 터널 지날 때마다
한 겹 단단해진 껍질 벗겨내면
아이의 잠투정 길듯 쉽게 현실과 만나지 못했을까
초등학교 가방을 매고 울던 난
예고 없이 찾아온 낯선 터널 앞 몸을 움츠렸다
엄만 울긴 왜 우느냐 등을 다독였으나
7살 취학통지서를 받은 때처럼

쥔 손 놓지 못했다
많이 아플 거다 잠시일 거라는
코흘리개 적 묶은 암시를 떠올린다
밤과 낮으로 넘나드는 것이 고작이던 난
부구처럼 부푼 부레로 굽이치는 어둠 헤엄치다
발이 땅에 닿는 순간 묵직함으로 휘청인다
터널의 시간이 줄어들면 휘청임도 줄어들 것이다

밤과 낮으로 넘나드는 것이 고작인 엄만
헤엄치던 터널을 기억할까
그 때의 지느러미, 비린내를

산

가로등불이 새벽 어스름으로 희미해질 때
산의 몸으로 깊게 들어가면
감춰진 상처를 툭 툭 건드리는 가파른 숨
심장에도 단단한 근육이 붙는다
밤새 고인 외로움을 뱉어낸 사람들 흔적은 남아
산은 외로움이 오래된 사람들의 호흡을 기억한다

나는 밤새 무거워진 발소리로 산을 깨운다

저만치 절름발이 할아버지 걸음과
추석을 홀로 보낸 일흔의 할머니가
산허리를 짚어주는
더디고 더딘 발걸음을 지나
매일 처음으로 닿는 산의 태반

나는 산이고 싶다
열리지 않은 편지들이 휴면을 기다리고
남편의 소멸되는 편지들 속에
식지 않은 노래를 넣어 둘 때도
친구의 장례식이 있던 날
먼 밤길을 돌아온 남편이

태아로 웅크렸을 때도
멍울진 새벽 같던 외로움을 받아내는
산이고 싶었다

2부

기울기만큼
생겨난 허공을
메우기 위해

기호 풀이

여행 가방을 꾸릴 때마다
고갈된 기호들과
들뜬 혁명을 생각한다

아는 만큼 본다는 명언 때문에
책방 아주머니는 산더미만큼
책을 팔았다

빠른 습득력을 지닌 자에게만
실마리가 제공되도록
진실은 여러 단계로 숨겨졌다
기어이 대가를 치르고
파헤치는 철자들도 한 발씩 느렸다

세상에 뿌려진 기호들은
믿는 자의 몫이지만
때에 따라 이단도 정통이 된다

나치즘의 갈고리
기독교의 십자가
불교의 만자처럼

기호를 공유하는 선과 악의 원형
장난스럽고 교묘하게 손바닥을 뒤집는
기호의 세상

수많은 목숨들을 담보한 채
은밀하게 성지를 찾아가지만
늘 해답은 사건이 시작된 지점에 있고
답을 찾았지만 현실은 변하지 않는
허무한 추리소설처럼
여행이 끝나고 밀려드는 여독

젖은 머리카락이 마르기까지

후두둑 소나기가 내렸다
먹구름은 재 너머로부터
저공비행을 하는 호랑지빠귀의 날개를 따라
너울을 그리며 다가왔다
빗방울이 내게 닿기도 전에
매일 아침 뻣뻣한 고개를 숙여
찬물에 머리를 적시는 일처럼
매일 아침 어설픈 권력들에 고개 숙여
서늘한 치욕으로 젖게 되는
반복되는 일상이 떠올랐다
무의미한 줄 알면서도
손바닥으로 하늘을 가렸다
막상 머리가 젖으니
소나기를 피하는 일이 무의미해졌다
인생 이렇게 살아도 되나
죄책감이 밀려왔다
머리카락의 물기는 두피를 적셨고
생각을 적셨다
청바지 밑단에서 떨어지는 물방울이
하얀 운동화를 물들였고
이대로 치욕 속에 갇힐 줄 알았다

호랑지빠귀가 가문비의 바늘잎 사이로 날아올랐고
소나기는 너울도 없이 사라졌다
머리카락에서 연기가 피어올랐다
영영 젖어있을 것 같은 무의미한 일상들이
터진 하늘 틈으로 경쾌하게 증발했다

거품의 대중성

하루 세 번 거품을 물어야
개운하다

문득 합성 세제를 입에 넣고
세탁하는 기분

입속은 내장처럼 붉고
부드러운데
새하얀 뼈와 분홍빛 잇몸과
붉은 혀가 고스란히 보이는데

입 안 가득 독을 품고
거품을 물고 뱉어내는 일들이
매일 같이 반복되고 있다

거품 없이도
입안을 말끔히 할 수 있다는 것을
사람들은 알고 있다

다만 무색무취의 힘을 알기까지
좀 더 시간이 필요하다

하루 세 번 천연 치약을
내장처럼 예민하고 여린 입속에 머금어
청결하고 순한 것을 뱉어내는 입

대중의 무리수가 머금은 독은
물고 있는 거품은 또
얼마나 강렬한가

거품의 대중성은 오래된 이야기

기울어진 운동장

운동장이 기울어졌다고
원망하지 말기를
지구도 기울어진 채
돌고 있으니
태양이 닿지 못하는 그늘에도
계절이 오고 가는 거라서
빛이 작으면 작은 만큼
진화하는 게 생명이라서
단단해진 네가
운동장을 걸어 나올 때
그때가 진짜 시작이지
참 다행이지
돈도 못 벌고
비위도 못 맞추는 내가
기울어진 곳을 들여다보는 시인이라서
기울기만큼 생겨난 허공을 메우기 위해
슥싹슥싹 운율을 만드는 사람이라서
하나의 추를 매달 수 있는
글을 짓는 사람이라서
별과 별들이 서로를 끌어당기며
온 우주가 팽팽히 수평을 맞추고 있어서

운동장에 시소 타는 아이들
스스로 높이를 맞추네
기울기만큼 생겨난 허공을 메우며
쿵덕쿵덕 운율을 지으며

카르마

나는 전생에 무엇이기에
이토록 적막한 섬에 와 있는가
낙엽처럼 내려앉았다
사라져 버리는 작은 새들처럼
세간에 빛나는 것들은
가까이 내리다 허방에 멀어지는가
자줏빛 목련 묵직이 떨어지고
패랭이 요란스레 피어나도록
나는 아무것으로도 형성되지 않았다
가문비 갈매나무 오랜 밤나무들이
쓸쓸히 높아지는 계절이나
교목들이 온몸으로
하얀 바람을 막아주는 계절 즈음
어느 심약한 시인의 마음으로
서러운 운율을 짓고 있는가
이런 게 다 무엇이기에
파랑새가 날아간 사람들의 마을로
따라 나서지 못 하는가
나는 애초에 아무것도 아니었기에
고요히 꽃대를 세우며
더디게 자라는 씨앗들을 돌보려고

도돌이표처럼 여기에 머무는가
부단히 존재를 증명하는 살아있는 것들의
울림만이 허방을 채우는 이 섬에서
가난하고 나지막하게 살아왔는가
내 다음 생은 서러움 없이
처음부터 꽃대를 세우고
정갈한 씨앗으로 맺은 열매로 배를 채우는
삶을 벅찬 가슴으로 받아들일 수 있다면

결

요강 바위를 감싸고 흐르는 장군목과
섬 사이를 드나드는 남해 울돌목쯤에
나이테를 긋는 물결이나
나무꾼이 도끼로 거칠게 베어낸
동심원으로 너울대는 그루터기
기계톱으로 난도된 무늬도
결이 다르다
여린 잎으로 무성한 숲을
바스락거리는 사막을
눅눅한 도시를 헝클어 놓는
바람도 결이 다르다는
진부한 생각
언제부턴가 사람에게도 결이 있어
무늬가 생기고 나이테가 생겼다
우린 결이 다르다
결이 비슷한 사람끼리
나누고 나누어 무리를 이루다
헤어짐의 모든 이유가 결이 되었다
결은 모호한 무늬였다
수위가 낮아진 희미한 물결은
바다에 이르러 거칠게 지문을 남기고

여린 잎을 흔들던 바람결은
숨 막히는 더위를 겪고
세상에 대고 칼을 긋는다
나와 수많은 너에게
잘 벼린 도구들이 스쳐간다
동심원을 그리며 번져나가는
깊어지는 그루터기나
규정할 수 없는
무늬들

오래된 고백

넌 완전 여자야
결혼한 지 십 년이 지나고
남편이 다시 하는 고백처럼 던진 말
달뜬 얼굴이 그의 눈동자를 응시했고
먼 옛날의 고백이 희미하게 울린 것처럼
아득히 멀어진 시선을 보고 말았다

캠퍼스에서 그가 고백하던 날
난 페미니스트라고 고백했다
내 손을 감싸던 오동나무 향기
나른한 햇볕 때문에
그날의 선언은 무척이나 맥이 빠졌다

교복은 힘이 셌기에 두 무릎을 꼭 모았다
학창시절이 작은 구두 속에 꽉 끼어서
앙증맞은 반창고를 아무리 붙여도
자꾸만 물집은 터졌고
까진 상처는 덧나기만 했다
이 모든 통증들이
고작 한 남자를 만족시키는 여자로
자라나기 위한 의례라고 말하지 않은 채

교문 앞에서 교실 안에서 교복은 들추어지고
여자를 단단히 기르는 코르셋을 검사했다

여성단체가 브래지어를 벗어던지자
고작 가슴 때문에 경찰들이 몰려오다니
댓글이 달랑거리다니

탈탈탈 무엇을 벗을 수 있을까
아득히 멀어지는 시선을 붙들어
대화할 수 있을까

빛바랜 레디메이드 오브제

얼룩말의 검은 무늬를 햇볕 아래 널었어
하얀 얼룩말, 정체성이 팔랑이네

도로를 가르는 노란 줄은
도로를 범람해 인도를 지나 담으로
꽃을 피우고

세간만큼 남루한 담벼락
더 남루한 남근, 오욕 위로 올려진 붓만큼
이미지는 확장됐지

여자에게서
봉긋한 브래지어를 빼고
21호 콤팩트 파우더와 하이힐을 빼면

누드가 될까

나는 상상한다
패인, 벗겨진, 헐린 너의 누드를

깡통의 낮잠

속 빈 깡통이었다
끝없는 나락으로 떨어졌을 땐
훤한 대낮이었다
단 속을 쥐어 짜내곤 고층에서 버려졌다
속이 없어 아픔도 없을 테지만
객의 발에 차여 요란스레 뒹군다한들
아무도 바라보지 않을 테지만
속을 비우고 낮잠 자는 깡통이
떨기나무 아래 늘어진 빈 깡통이
부러운 오후
잠든 사이 쓰레기 더미로 옮겨질지 모를 테지만
운 좋게 재활용되어 다시 속을 채우더라도
오늘 같은 나른함이 다신 없을 것처럼
백주대낮 팔다리를 늘어뜨린 깡통이
부러운 오후
감당할 일도 퇴출당할 일도 없는 한나절
머리 꼭대기로 해가 빤히 내리쬐어도
낯 뜨겁지 않은 날
낮잠을 즐겨도 좋은 날

병목구간입니다

전방 10m 앞에서 좌회전입니다
좁은 길을 찾아들거나 이정표를 기억하지 않는다
안내된 좌회전과 우회전을 반복하며 길을 갈 뿐
시속 80㎞ 속도 제한 구역입니다
어깃장을 놓은 차들이 손살 같이 내달리고
휑하니 바람을 일으킨 자리엔
은색 라커가 사고의 방향을 가리키고 있다
100m 앞 노량진으로 진입합니다
축제장으로 가는 길목은 늘 붐비고
앞뒤가 꽉 막혀 돌아갈 수도 없는 길
기다림의 시간은 언제 끝날까
창문이 없는 반 지하방
기어서 올라야 할 옥탑방
책상 아래로 다리를 뻗고 누우면
벽에 정수리가 닿는 고시원
이곳은 참 아프다
선풍기를 달지 못하는 고시원의 여름
지하철을 돌며 밤 새 둥근 테두리를 긋는다
소주나 한 잔 할까
비틀거리면 안 돼
옥탑방의 가파른 계단을

힘이 풀린 다리로 오르다간
낙사하고 말걸
우린 섬에 갇힌 쥐라고
섬이 늘어난 개체로 우글거리면
낙사하고 싶은 밤이 될 거야
10m 앞 막다른 길, 우회전입니다
난 가끔 다리가 없는 강 위를 가거나
길이 없는 들판을 가로 지른다
우회전 경보, 우회전 경보 띠링띠링띠링
일 년 전에 사라진 유령의 마을을 지나
경로를 이탈했습니다
꽉 막힌 대로에 늘어선 차들과
인사도 없이 즐거운 안녕

꽃잎이 가슴을 긋고

떨어지는 꽃잎에도 울림은 있어
초등학생이 남긴 유서는 진한 파동을 남겼지만
사람들은 변하지 않았다
바람이 여린 꽃잎을 흔들 때
가슴을 긋고 지나는 파동을 느껴야 하는 것
어린 꽃잎을 마음에 띄우는 것

작은 꽃잎이 여러 번 울어
바람길을 따라 흩날렸지만
자유는 쉽게 오지 못하는
겨울과 여름의 틈에 머무는
짧아지는 계절이었다

빨갛게 맺힌 것만으로 아름다운 세상에
아빠의 노동시간보다 더 긴 시간을 공부해야 하는
아이는 피어나지 않았다

놀라서 달아날 때나 날개를 펼치는
닭들이 밝혀진 밤 속에 알을 낳고
꽃들이 계절을 거슬러 피어나듯

손톱을 뜯어먹은 손들이 기계적으로
시험지를 풀어낸다

동글동글 말랑한 손끝에
손톱달이 하얗게 돋아나길 기다린다
어리고 착한 손이 써내려간 아픔이
피지 못한 꽃잎으로 흩날리는 날

그늘자리

나무는 자신이 만든 그늘만큼은 내놓지 않는다
나무 그늘 아래 텃밭을 만들어 몇 해를 버리고서야
그늘이 나무가 만든 불가침 영역임을 알았다
아득히 멀리서 산을 바라보면
빽빽하게 자라난 나무들로 무성하다
나무들과 어울려 숲을 이루기 위해
다른 존재들과 거리를 두는 생존의 경계

멀어지는 것도 가까워지는 것도
어렵기만 했던 이유가
사람들의 그늘 때문인지 모른다
때론 그늘이 너무 짙어서
아득히 멀어질 수밖에 없었다
사람들의 틈바구니에서
시들었다가 소멸하지 않았던가
허리를 베고 누운 땅덩어리가
오랜 그늘 아래 회복할 수 있었던가

그늘 아래 텃밭을 만들어 몇 해를 버리고서야
내게도 나만의 그늘자리가 필요함을 알게 되었다

톱

가운데 손톱이 먼저 자란다는 건
위험에 먼저 닿은 긴 손가락의 숙명일 테지
자라는 속도가 손톱의 절반인 발톱도
손톱이면서 발처럼 뭉퉁한 엄지의 손톱도
내밀 게 있다는 거지
몸의 난간에 자란 세상을 향한 기제를
모두 뜯어버리고서 공격적일 수 있다는 건
미처 뜯지 못한 발의 난간에 톱이 자라있는 탓
세상으로 밀려 나간 죽어버린 세포들을
아이들은 물고 뜯고 말랑해진 끝으로
거머쥔 것이란 단단할 수 없고
거머쥘수록 아파야 하는 허물어진 난간
그 허물어진 난간을 받쳐주는 건 그토록 뜯고 싶었던
위험에 먼저 닿은 죽은 세포라는 숙명

안전 기제를 다듬는 데 열중하게 된 건
여러 번 늪으로 빠져드는 꿈을 꿀 때마다
웃자란 손톱을 보게 된 때문일 테지
막상 쥐고 싶은 것은 지상을 떠난 구름이거나
시간에 침식된 모래알이라도
장신구처럼 톱을 숨긴다
난간에 서서 먼저 날을 세운 가운데 손가락을 치켜 올리면
세상에 빗금을 그은 것처럼 만만해지는 수음(手淫)

자전거 도둑

스무 살, 자전거를 샀다
아르바이트를 해서 모은 돈과 오빠의 꽁무니 돈으로
하루 만에 타는 법을 배웠다
꼭 잡아 줘야 한다고 다짐하고 돌아보니 어느새 혼자 가고 있다
설 배운 자전거는 운동장이 아닌 곳에선 어설펐다
골목 어귀에 사람이 보이면 이내 내려 끌고 가던 자전거
부드럽게 굴러가던 바퀴는 사람만 보면 비틀거렸다
아무도 없는 운동장 중간을 바람으로 가르던 그땐
어디에나 갈 수 있을 것 같았다
타다 서기를 반복하며 동네 한 바퀴를 돌게 되었을 때
자전거가 자취를 감추었다
기말시험에 매달린 겨울날
언니는 가게에 끌고 간,
포장이 채 벗겨지지 않은 자전거를
잃어버린 뒤 한참 동안 입을 열지 않았다
내가 다시 자전거를 찾았을 즈음
언닌 살얼음을 걷고 있었다
자전거를 잃어버린 것이 한 달이 넘은 걸 알고
아무 말 하지 않았다
언니의 살얼음도 길었을 것임에
무심히 끌려가던 모습만 떠오른다

꽁무니를 채워주던, 갚겠다던 오빠의 돈만 고스란히 남은 채
오빤 장난처럼 꽁무니 돈은 언제 갚을 것이냐 옆구리를 찔렀다
그날 이후 자전거를 타지 않았다
비틀거리던 타다 서기를 반복하던 기억이 먼저 떠올라

파랑이 슈퍼

자정이 넘은 시간 술 취한 사내가 두드려 대는 소리
어둠 속에 고개 내민 엄마 뒤로 놀란 눈이 두 개, 네 개
새시 문이 열리면 모가 낡은 작업복
초롬이 줄 이은 네 살배기 내복 예린이 하얀 속옷
발바닥이 해진 양말과 반쪽도 안 되는 아가들 양말
구석엔 놀다 만 소꿉장난 소품들이 소리죽인
슬래브 지붕 낮은 슈퍼에
강원도에 내려앉은 초가집처럼
오래 비워진 슈퍼에
들어앉은 예린이 집 문이 열리면
간판이 무색하게시리 술도 안주도
과자도 없는 가게란 걸
예린이 작은 가슴 움츠리게 했던
새시 문으로 성큼 발 들인 비틀대던 그림자
주근깨 옅은 기집 아이 눈엔
속초 바다가 고여 있다
도시 생활이 얼마 되지 않은 아이는
건듯 부는 바람에도 바닷물을 쏟아낸다
고개를 한껏 재껴 막 피어난 패랭이처럼 바라보는 날은
바다물이 햇살에 찰랑거려 자꾸만 시선을 당긴다
파도 소리, 간간한 짠 내 가시기 시작한 작은 안(眼)이

번호판도 없는 오토바이를 따라가다
'아빠' 소리 망설임 없이 튀어 오르는데
아이를 향해 손을 든 모 낡은 사내가 낯익다
진눈깨비 내리던 밤 승용차에 부딪히곤 달아나던 오토바이
차바퀴 아래로 넘어진 사내를 일으켜 주곤
사람 다친 곳 없나 살피는데
덜거덕거리는 몸을 일으키자 줄행랑치기 바빴던
그 뉘 뒷모습 같아
그 날도 넘어진 곳이 성치 않을 것 같던
달아난 사내가 내내 잊히지 않더니
예린이 고 작은 것이
새가슴으로 부딪힐 곳이 성치 않을 것 같아

스누핑

색인을 붙이다만 서류들
영수증 꾸러미가 꽂힌 다이어리들
미완성인 채 돌아가는 세상에 익숙해진
3년 차 기성인 같은 책상이 시계추를 잡는 동안
책상 위 반그늘 식물은 자라고
각자 다른 시간인 채 멈춰진 장면들로
완성되지 못한 퍼즐 같은 공간
잔에 눌러 붙은 커피 찌꺼기에
어제 돌아간 세탁기 속 뭉치 빨래에
몇 년 전 이혼했다는 친구 집을 찾았을 때처럼
머물러 있는 어제
늦은 밤 세탁기를 돌리다 방전된 배터리처럼
어제 속에 잠드는 내가
어느 날엔가 힘을 모아
잔을 씻고 빨래를 털어 널 때면
힘껏 오늘을 당겨 놓은 기분
난 어느 시간대에 머무르기에
맞수가 될 수 없는 톱니바퀴를 물고
편히 맞물리지 못한 채 흘러야 했을까
다니족 여인들의 돌도끼에 잘린 손마디처럼
삼키지 못한 내 아픔은

어제의 내가 오늘의 네게 말을 건네고
먼 옛날의 내가 어제의 네게 말을 건네고
어쩌다 오늘의 내가 오늘의 네게 말을 건네면
오늘의 내가 어제의 네게 말을 건네고
뱃속 웅크린 태아 같은 그림자는
소녀로 여자로 어미로
내 키를 훌쩍 넘기다 다시 웅크리고
내 몸에 꼭 맞는 그림자를
붙들어 맬 수 없는 시간의 편린들

혀의 두께

찌개가 끓고 압력 밥솥이 김을 뿜는 동안 라디오 디제이가 혼자서 중얼거리다 자조적으로 웃는 밤 나의 혀가 이물처럼 거추장스러워져 몸이 잠으로 빠져드는 동안 혀의 두께를 가늠한다 날이 밝으면 혀의 이물스러움이 까마득히 사라져버려 밤이 되어서야 두서없는 혀의 모략을 알게 된다 말을 할 땐 혀의 두께를 들키지 말기 한 번 휘두른 혀의 움직임을 곱씹지 말기 입을 여는 순간 독립된 혀의 존재를 인정하기 당신의 혀는 의중을 알 수 없을 만큼 두터웠다 혀끝을 가르면 허를 찌를 만큼 예리한 뱀의 혀를 가질 수 있다는 속설에도 여물을 씹어 삼킬 때만 내미는 소의 혀처럼 당신의 혀에선 김이 피어올랐다 목구멍으로 말아둔 나의 혀는 낮이면 조개 발처럼 소리 없는 이동을 감행했다 밤이면 불 밝힌 방 안으로 걸어 들어가 아무도 없는 거울 앞 입을 벌린다 내게서 독립되지 못한 혀가 온갖 술수를 품는다

3부

생의 이력을
내려놓은 책들

씨앗 나눔

김장철이 되면 집집이 김치를 맛보았다
사람이 집에 없어도
장독대 위에 놓여져 있던
김치 한쪽
이웃집에서 온 그릇은 빈 채로 가지 않고
우리집 김치가 담겨 보내졌다
손으로 죽죽 찢어 먹던 나눔의 맛은
아직도 남아
아파트의 아랫집 윗집
마을의 옆옆 집들이
간간이 문을 두드린다
넉넉지 않아도 나눔이 즐거운 것은
나누어진 만큼은 돌고 도는
이웃 간에 맺어진 끈끈함 때문
김치는 과자가 되기도 과일이 되기도 하기 때문
좋은 것은 나누며 살 줄 아는 사람들 때문
우표 한 장으로 보낸 씨앗은
꽃으로, 한 세대가 먹을 열매로 돌아온다
씨앗은 무게가 없기에
어디로든 간편히 보내어져
그릇이 빈 채로 돌아가는 법이 없듯

이웃들의 텃밭과 과수원, 화원을 꼭꼭 눌러 담은
세상에서 가장 작은 그릇으로 돌고 돈다
우리의 이웃은 옆옆 집으로 머물지 않고
우표 한 장으로 맺어진
모든 사람들이 이웃이 된다

화도 가는 길

바다가 사람들에게 아주 조금
물을 나눠주어 소금밭을 만들었다
짜디짠 농수로가 밭 사이로 흐르는 섬
짜면 짠 대로 물가엔 붉은 칠면초
푸른 함초는 자라고
발 달린 망둥어가 악어처럼 기어나오는
무엇하나 부족함이 없는 밭이 되었다
바다가 인심이 넉넉하여
쌀가마니 가득한 곳간처럼
넘을랑 말랑 일렁이는
소금밭 저수지
산등성이까지 올라온 게
바다의 것들이 땅 위로 올라와
논이고 밭이고 산속까지
발자국을 남기며 터를 잡는 곳
사람과 바다는 사이좋게 어울리는 법을 배워
제 것을 조금씩 내어주고 있다
대초마을 사람들이 해풍으로 둥글게 영근
양파와 마늘을 수확하는 동안
끝이 보이지 않도록 너르게 열렸던
화도 가는 길 위에서
일 나갔다 돌아오는 바다를 마중한다

아메리카 NO

활자와 잘 어울리는 아메리카노
누구나 다 아는 향기지만
한 방울도 내보내고 싶지 않은 향기
그래 쓴맛을 보기 전에
부드러운 크래마부터
쓴맛을 감추는 바디감
언제부터였을까
아메리카노를 만든 건
이탈리아인들의 에스프레소는
America no 놀려댔지만
아무리 쓴 인생도
내 입맛에 맞게 희석시키면
유례없는 풍미를 남긴다
세상 어디에도 없는
인생 쓴맛을 다스리는
잘 뽑아낸 아침

헌책방 골목에서 흥정하기

어설픈 흥정술이 통하는 헌책방의 골목
책방 주인은 책을 집어든 사람의
눈빛을 보고 가격을 매긴다
내가 찾던 낱말밭을 만나자
주책없이 눈은 반짝이고
짐짓 흥미가 없는 양
발행일이 수십 년이 지난
모가 낡은 책을 제 자리로 놓는다
책방 주인은 꽁지 같은 이천 원을 뗀다
내가 옆 책방으로 시선을 돌리자
만원 단위가 툭 떨어진다
사는 사람이나 파는 사람이나
어설프게 절실함을 숨기고
서로의 이문을 조금씩 남기기로 한다
감추어진 생의 마디 같은 계단들이
한달음에 산등성이로 올라간 보수동 거리
은퇴한 뒤 어깨에 힘을 뺀 책들의
이력과 무게를 맛본다
누긋한 세월의 냄새를 머금고
생의 이력을 내려놓은 책들

이래봬도 헌책방 골목으로 들어오려면
사람들에게 선택된 이력을 가져야 한다
사고 팔리고 사고 팔리며 회자되는
많은 이력을 가질수록 헐값에 팔려나가는 책들

오직 너만을 위한 후일라

버스 속에서
낯선 냄새가 흔들흔들
내릴 땐 사람들의 향기를 머금고
출근은 항상 그렇게 시작된다

과장 앞으로 불려가 뜨끈한 눈물을 흘린 그녀
하루에 두 군데 면접을 보고 배탈이 난 그
텅 빈 카페에서 드립커피를 내리는 바리스타
흔들리는 버스 때문이다
매일의 오늘이 흔들리는 이유
손잡이에 매달려 팔 힘을 다 써버렸기 때문이다
오늘 힘이 모자란 이유
삶이 흔들리는 모든 이유가 기껏 도시형 버스 때문
이라고밖에 말할 수 없는 너

오늘의 커피는 어디서 왔는지 알 수 없는
신맛 쓴맛 단맛을 머금은 블렌딩 커피
매일 달라지는 오늘의 맛
쓴맛을 본 뒤 단맛이 올라오는 인생 맛

오직 너만을 위한 후일라를 내려 줄게

사각사각 커피를 갈고 물의 온도를 맞추고
희망의 크기 같은 커피가루에
시간을 지연시키며 한방울 한방울 물을 줄게
낱알갱이 희망들 씨앗을 가득 품은 해바라기로 피네
후일라 아릴리오,
과일향 카라멜향 고소한 커피콩의 향기가
작은 방안이라 가득할 거야
산미를 품은 단맛의 커피를 내릴게

버스 안이나 밖이나 흔들림은 있었기에
멀미처럼 울렁이는 너의 하루를 쓸어내릴 거야
하루가 다 지난 밤 너를 위해 턱을 괴어 줄
군더더기 없이 부드러운 하루가 될 거야

절벽 등산가

맨손으로 절벽을 오르는 일은
낭떠러지에 익숙해지는 일
벼랑에 매달려 먹고 자고
싸는 법까지 익히는 일
따뜻한 낮보다 살을 에는 밤이
도약하기 좋은 시간이라는
정복의 법칙을 처절하게 익히는 일
절벽의 상처를 쓰다듬으며
내면을 들여다보는 일
숨겨진 상처까지 샅샅이 찾아내다가
그만 사랑에 빠지고 마는 일
천 길 위의 허공으로 몸을 던질 땐
확신을 가지는 일
물집이 터지고 짓무른 손가락을 가라앉히는 동안
노을이 짙어지는 풍경을 오래도록 바라보는 일
꼭대기에 올랐을 때 밀려올
외로움을 생각하는 일

낭만적으로

퇴근길 딸아이와 집으로 가는 길
호호 할아버지와 할머니가 안전모를 쓰고
30킬로미터로 드라이브하시네
할머니가 할아버지를 백허그하고
노란 스카프 푸른 원피스 이런 거 없이
아무렇지도 않게 애정행각 벌이시네
우리는 오랜만에 낭만적으로 느리게
재즈의 박자로 드라이브하네
동글동글 돌아가는 엘피판 같은 길을 따라
생악기가 연주되는 재즈 바에서처럼
리듬에 몸을 맡기지
나를 뒤 따르던 차들이 모두 앞서 나가도
호호 할아버지와 할머니의 낭만을 따라
30킬로미터로 드라이브하네
출근길도 아닌 퇴근길인데
경적소리 울리는 그대여
자유로운 재즈 리듬에 몸을 맡겨봐
엘피판같이 동글동글한 길 위에
마침 장밋빛 저녁 내리는데
고개 들어 저 멀리 안개 피는 저수지 바라보고
어르신 굽은 등 같은 서쪽 산 능선도 보고
나를 꼭 닮아 외모에 불만이 많은
딸아이와 낄낄대면서

글 밥

매 끼니 갓 지은 밥
보슬보슬 밥알이 살아있는
탱글탱글한 밥을 올려야지
아침 안개 피어오르듯 김이 나는
입맛 당기는 밥이어야 해
까끌까끌한 입안에도 착착 감기는
수분이 살아있는 밥 말이야
여자나 남자나 젊은 애들이나 나이든 어른이나
입안에 넣고 자근자근 씹어볼 수 있는 맛
밥 하나만 잘 지어도 한 끼 식사 뚝딱 끝나는 거지
곁가지 반찬이야 한두 가지 슬쩍 거들 뿐
10인용 전기밥솥에 뒹굴던 누런 이야기
뜸 들이지 않은 설익은 이슈
아무리 화려한 수식어와 함께 차려내 봐도
실패한 밥상이라네
요란하게 반찬을 하고
식사 시간이 되어서야
새로 지은 밥이 없다는 걸 알게 될 때
식사를 기다리는 사람들의 표정이란
미식가들이 넘쳐나는 세상에
내놓을 밥이란 말이지

한 번 지어 며칠을 먹을 수 있는
오래되어 거추장스러운 전기밥솥부터 치우고
툭하면 쪼개지는 무거운 돌솥도 버리고
비행기를 만드는데 쓴다는 쇠로 만든
옴팍하고 단단한 한 끼용 주물 솥으로
밥을 지어야지
손등으로 밥물을 맞추고
주물 솥 바깥으로 눈물이 흘러내릴 때
활활 타오르는 불길을 조절해야지
꾸덕꾸덕 흘러나올 것 같은 눈물들이
솥 안에서 자글자글 글이 될 때까지

눈썹달

엄마의 단골 미장원에 가면
얼굴에 똑같은 눈썹달이 뜬
할머니들이 은빛 머리를 말고 있다
아주머니의 통통 부은 손이 편안해
머리를 하는 동안 깜박 잠이 들곤 했는데
한껏 살이 오른 나의 눈썹을
도루코 면도날로 반이나 밀어 놓았다
본래 내 것보다 초라한 달을 보며
울지도 웃지도 못하고 집으로 오면
엄마도 머리를 하는 동안 깜박 졸다가
풍성한 달을 잃었다며 웃음을 터뜨렸다
엄마와 나의 얼굴에 뜬 앙상한
눈썹달은 마음에 차지 않았는데
매번 찾는 곳은 엄마의 단골 미장원이었다
애처로이 웃고 있는 아주머니의 그믐달
반복되는 가위질 소리가 어깨 위로 떨어질 때
손님들을 나른한 잠으로 빠지게 하는 체면술
동네 사람이나 알만한 구석진 골목
단골만으로도 늘 손이 부어 있던 아주머니
밤하늘에 앙상한 그믐달조차 없었던 삭월
지나가던 오토바이에 치었다는 소문이

낡고 오래된 이야기처럼 흩날렸다
미장원 입구엔 몇 장의 고지서들이
안으로 들어가지 못한 채 낡아갔다
인심 좋은 아주머니가 은밀히 띄어 놓은
단골들의 눈썹달은 무성해지고

조각을 만나다

고슴도치의 마을을 뒤적이다
해설의 한 귀퉁이가 찢어진 것을 본다
찢겨 나간 가장자리 살점이 뭉그적 머물러 있다
조각난 살점
생채기가 아물고 피딱지가 떨어져 나갈 때까지
떠나지 못한다
찢겨짐을 당하고도 그 자릴 지키고 있는
미련 많은 살점
영영 잃어버릴 뻔한 말들이 남겨졌다

한 귀퉁이가 찢어짐으로 시집을 기억한다
상처가 난 자리를 찬찬히 더듬어 본다
날에서 벗어난 포물선
아무리 더듬어도 손을 베지 않는 뭉퉁함
한 번도 상처받지 않은 도도한 날로 남았을지 모르는
찢겨진 살점을 가장자리에 대어 본다
반절로 남은 글자들이
온절이 되어 줄글을 만들어낸다
테이프로 붙여 볼까
두터워진 생채기로 남게 될까
글자들의 몸짓과 뭉퉁함 기다림을

책갈피에 조각으로 남겨 둔다
삶의 한 귀퉁이가 조각나는 날
고슴도치의 마을을 상처로 뒤적일 게다

설거지의 순서

생선을 구워낸 프라이팬을
하얀 머그잔과 과일쟁반이 담긴
개수대로 훅 담은 날이었다
설거지의 순서를 잊어버리다니
20년 경력의 선수인데
그럴 리 없었다
아픔은, 흔적이 적은 것부터 지워냈다
희미한 기억은 세제도 없이 잘도 지워졌다
설거지의 순서는 그래서 중요했다
비린 프라이팬은 커피향의 머그잔과
베리향의 쟁반을 비리게 했다
모든 식기들이 비린내를 풍겨 올렸다
하얀 거품이 뭉게뭉게 피어오르도록
뽀드득뽀드득, 비린 기억은 남았다
내게서 등 돌린 그림자가
에움길을 따라 사라졌고
비린내가 훅 내게 담겼다
두 발이 딛고 있는 것은 흙이
이토록 비리다는 걸 그때 알았다
끝도 없이 걸었고
나의 모든 기억들이 비렸다

뽀드득뽀드득, 오랜 아픔이
개수대로 훅 담겨진 날이었다

브라보, 샐러리맨

나는 새우깡이다 마흔을 내다보는 샐러리맨, 남녀노소 모두 즐겨 나에겐 불황이 없다 가난한 사내의 술안주로 할아버지 할머니의 주전부리가 되기도 하고 코흘리개 아이들의 주린 배를 채울 땐 행복마저 느껴진다 지금의 내가 그냥 있는 것은 아니다 온갖 달콤 알싸름한 맛들이 판을 쳐 잊힐 뻔했으나 매운맛, 오징어 먹물 맛을 더하며 연구에 골몰한 끝에 치열한 사회에서 내 자리를 굳힐 수 있었고, 진 곳 마른 곳 가리지 않고 영업에 매진했다 나는 명성을 떨치다 술과 안주가 나오면 구석으로 밀려나는 수모를 견뎌야 했다 먹다 흘린 술에 젖어 일그러지기도 했으나 그곳을 떠나지 않았다 심심하면 사람들은 나를 갈매기에게 던져 바다로 떨어지기도 했고, 모래밭에 꽂힌 채 몸을 녹여야 할 때도 있었다 하루하루 내 몸을 온전히 유지할 수 없어도 견뎌야 했다 이렇게 가정을 지켰고, 경제적 안정을 누리던 무렵, 말라비틀어진 쥐 대가리가 나와 위생에 허점을 드러내고 말았다 인생 최대의 위기를 맞은 나는 몸을 숨겨야 했다 세상은 온통 배신감으로 몸서리쳐 잊히지 않을 것 같았다 나는 곧 매장될 줄 알았고 이대로 세상을 버릴까도 생각했다
그런데 나는 가장이다 이대로 가족을 던져 둘 순 없었다 나는 몰래 때를 기다리며 제 자리를 찾기 위해 만전을 기하고 있었다 작은 새우, 얇은 새우, 향수를 자극하며 가게에 조그만 자리를 마련했다 오랜 기다림 끝에 먼지가 쌓여 쫓겨날 뻔도 했으나 충격

이 무뎌질 때쯤 사람들이 나를 찾기 시작했다
예전 같은 호황은 오지 않았다 허나 아직도 내가 없으면 허전한지, 술집이며 공원이며 구멍가게엔 언제나처럼 나를 찾는 이가 있어 나에겐 불황이 없다

후릿소리*가 난다

봄가을 멸치회(膾)에선
어부들의 후릿소리가 난다
배부른 멸치잡이배가 항으로 몰려오면
노리꾼 장사꾼 생멸냄새 따라 몰려들고
뱃몸 주변은 한바탕 몸살을 해댄다
헤야 사리야, 허야 뒤야
호흡 맞춰 벼릿줄 터는 검붉은 팔뚝엔
멸치 떼 움직임 따라 쉴 새 없이 후리질한
동트기 전 치열한 노동이 꿈틀거린다
허야 뒤야 후렴 소리에
멸치 떼 요란스레 튀어 올라 바닥을 나뒹굴 때
어부들의 붉은 살점인줄 모르고
노리꾼 장사꾼 광주리 그득 제 속을 채운다
소리 마디마디 털이꾼의 욕 찌꺼기 섞여나고
노리꾼들 잔걸음으로 빠져 나간 항 따라
진을 친 포장마차에선
상자 그득 비늘 떨어진 붉은 멸치가
구수한 구이 냄새로 구경꾼들 발목을 붙잡는다

* 후릿소리: 멸치잡이 후리질의 순서에 따라 부르는 어로 노동요

신명나는 소리 호흡 맞춘 구령에도
삭이지 못하는 고단한 멸치털이 끝에
남아나는 것 없는 가래질이라도
털이꾼들 자축하는 소리 구성지게 울린다

외동 뒷마을 함박꽃 지던 날

토함산 끝자락 외동 뒷마을
사철나무 담장을 두른 초가
삼백예순일 지나도록 찾는 자식 없는
아픈 큰이모 아흔을 훌쩍 넘긴 노인네가
마당을 쓰는 두 여인네 하냥 쓸쓸한 풍경

손곡동 최씨와 외동 이씨는 예부터 혼사가 많았제
중매쟁이 말만 듣고 얼굴도 모른 채 식을 올리곤 했제
이씨는 고랫등 같은 기와집도 논도 몇 마지기 있다 하니
딸자슥 시집보내도 고생은 안컷다 했디라
장가 밑천 들여 지은 기와집이 인연이 없다 카이
점바치 말 듣고 큰 집에 줘 바리고 초가집만 남았다 안했나
이도저도 모르고 온 장인이 사우 집 저근 문지방을 넘을라카다
고마 갓이 부러진기라 하도 승질이 나서 앉도 안하고
선걸음에 십리를 되돌아갔제
부리나케 따라나선 사우가 장인을 등에 업고 고개를 넘었제
몸살이 나가 사흘을 장인 댁에 머물렀다 안카나
머슴 부리고 살던 최씨네 딸자슥이었으이
오죽 속상혔겄나
온 마을이 훤했었제
느 외할매 시집 온 첫날

마을 사람들이 함박꽃 같다 안했나
성격이 참말로 느긋한 양반이라
온갖 구진일 다 겪어도 항시 얼굴은 펴 있었제
그라이 나가 저리 많아도 아즉도 곱다 아이가
노인네가 저리 오래 사는 게 느 아픈 이모 놔두고
차마 못가서 그런가 싶으다

아흔셋 외동 뒷마을 함박꽃 지던 날
사철나무 담장을 지키던
쓸쓸한 풍경도 진다

4부

꿈꾸지 않으면
날은 밝지 않는단다

몽상 물고기

눈이 머리 위에 붙어 있어 어쩔 수 없이
하늘을 보게 된 물고기 있지
별을 보는 게 운명인 물고기는
몽상가이자 점성가라 불렀어
모래 속 가만히 몸을 숨기고
지나가는 먹잇감을 기다리는 사냥꾼
머리 위에 달린 눈으로
먹잇감을 지나 하늘을 바라보게 되었단다
깊은 바다 속까지 묵직한 어둠이 내리고
별이 하나 둘 빽빽한 어둠을 뚫을 때
무게를 걷어내고 빛과 만나게 되었지
빛을 향해 시선이 하늘로 따라가면
수많은 별들이 끝없는 이야기를 들려주었어
그 때부터였을 거야
별을 섬기는 점성가이자
까마득한 어둠을 지나
하늘을 부유하는 몽상가가 된 게
50볼트의 전기는 먹이를 구하는 데 사용하지 않았어
안으로 안으로 쌓아놓은 전기를
어둠을 걷는데 사용했거든
아래로 아래로 끝없이 내려가도 보이지 않는

후미진 밑바닥을 벗어나는 몽상을 하게 된 거야
내게도 내 가장 후미진 밑바닥까지 내려온 빛이 있었지
어깨를 짓누르는 두터운 무게를 걷어내고
별들이 들려주는 이야기를 끝도 없이 바라보게 됐지
내 눈은 정면을 응시하지만
고개를 뒤로 재껴 하늘을 바라볼 수 있거든
눈앞에 떡하니 보이는 먹잇감을 지나 하늘을 바라보는 게
밤새 묵직한 어둠을 걷어내고 별과 만나는 일이
별들의 이야기를 따라 점성가나 몽상가가 되는 일이
내겐 운명처럼 다가오는 일이 아니었단다
고개를 재껴 하늘을 바라보는 날이 쉽게 잊히고
내 안의 50볼트를 먹잇감을 향해
그날그날 소진해 버리면
다시 아래로 아래로 끝도 없이 가라앉아
까마득한 어둠 속 후미진
밑바닥의 물고기가 되어버리는 거야
그때서야 나는 몽상을 하게 되는 거야

어둠꽃

따갑던 태양이 서산의 깔딱 고개를 넘어갈 때
어김없이 밤이 밀려오는 게 두려웠지
어른이 되고서야 어둠도
휴식이 된다는 걸 알게 되었네
집으로 돌아갈 때면
어둠이 발치까지 다가와 있지
사라락 사라락
몽돌 사이로 스미는 파도마냥
낮게 깔린 어둠으로 한 걸음 내딛고
발목까지 무릎까지 머리까지 잠기도록
밤의 한가운데 머무는 거야
긴장된 몸에 힘을 빼고
어둠에 몸을 맡기면
두둥실 두둥실
파도 위를 유영하지
으스름 달빛에 알전구 같은 얼굴
동해바다 수평선 너머까지
두둥실 두둥실 출렁이는 어화들처럼
밤이면 소담드레 피어나는 거지
눈을 감았을 때나 떴을 때나
똑같은 칠흑인 세상일 때

짙은 어둠속으로 꼬르륵 가라앉을 것 같겠지만
그럴 땐 온몸에 힘을 빼는 거야
으스름 달빛 일렁이는 어둠 위에서
중세의 가로등에 불을 밝히는 것처럼
은은하게 피어나는 거지
어김없이 사라락 사라락
지친 나의 발걸음을 위로해주러
집으로 돌아가는 길
어둠이 발치까지 다가와 있지

액자동화

아빠가 바구니에 벌이줄을 맨다
부레뜸을 하여 보름밤 하늘로 푼다

– 북풍이 불어요

바람을 인 벌이줄이 팽팽히 당겨지고
살이 올라 단내 풍기는 달을 딴다
집으로 오는 동안 달이 야윈다

달에게 싱거워질 아이에게

– 붙박이 별은 야윌 일이 없지
  가끔 떨어지는 별똥별이 된단다

귓볼에 입김을 불어댄다
부풀어 오른 밤의 세계, 재잘거리는 아이

– 아빠는 왜 개구리 소리를 내지
  엄마가 은색 구두를 신고 사라지는 곳은 어디야
  난 빨간 망토가 필요해

– 꿈나라의 문이 닫힐 시간이야

긴 속눈썹을 내어 눈을 감는 아이를 보며
나는 밤새 낡고 오래된 문을 여는 문지기

– 눈송이 거인들이 잠들지 않은 아이를 찾아 어둠 속을 돌아
다니지
양쪽 귀에 삼보의 신발을 걸친 호랑이가 집 앞을 맴돌고 있
을지 몰라

꿈나라의 문을 열어
쉬 잠들지 않은 아이의 엉치를 밀어본다

– 12시가 되면 문을 닫는다
– 엄마, 아침이 오지 않아요
– 꿈꾸지 않으면 날은 밝지 않는단다

어둠이 틀인 액자 속에서
빨대를 내어 구름을 불어내면
숨어 있던 달의 숨결이 액자 속에 스민다
낮 동안 납작했던 주인공들에게 숨을 불어 넣는 달의 시간

바다는 인어를 기억한다

아사면*처럼 투명하고
하늘거리던 지느러미와 꼬리가 사라졌고
두 개의 발이 생겼다
중력이 나의 발걸음 하나하나를 잡고 있는
땅 위의 최초로 느껴보는 피로
바다가 밀려왔다
달이 이끄는 대로 쓸려가고
중력이 이끄는 대로 밀려와
꼬리였던 발을 적신다
피로로 묵직한 두 발을 감싸며
아무 말이 없는 저 바다는
내게로 부서졌다
나의 욕망은
끝없이 걸어야 하는 육지였다
휘황한 불빛 속에 들어가기 위해
매일 밤 열리는 무도회의 흥성거림을 따라
한 걸음 한 걸음 바다를 놓쳤다
지친 나의 발을 감싸던 바다

* 아사면: 60수의 실이 얇게 짜여져 통풍이 잘되고, 가벼우며, 촉감이 부드러운 면의 한 종류

내게로 부서지던 바다를
바다는 아직도 달과 지구가 이끄는 대로
밀려왔다 밀려가며 외로이
지친 나의 발을 생각할 것이다

화원의 시

화원엘 갔다
아이는 나비야 외치며 난을 본다
이건 난이야 가르쳐 줘도 제 눈엔 나비다
퍽이나 마음에 드는지
나비야 안녕
몇 번을 이별하고도 나비 앞이다
처음부터 난이라 하였지만
나비 무리가 날고 있다
이건 도토리야
꽃봉오리라고 가르쳐 줘도
아냐 도토리야
나비도 도토리도 화원엔 없는데
아가만 본다
오늘 사온 주머니 꽃 위에
커다란 무당벌레 인형을 올린다
나는 꽃이 상할까봐 걱정부터 앞서는데
아가는 무당벌레에게 제 집부터 찾아준다
아무리 가르쳐도 말을 듣지 않는
못 말리는 작은 시인이다

아기 손끝에 달이 뜬다

저녁이 세상을 파랑으로 물들일 때
아가의 손을 잡고 산책하면
그 조막만한 손을 하늘로 하늘로 가리킨다

집으로 돌아가던 낮과 이제 막 기지개를 켜는 밤이
아가를 물끄러미 바라보는 산책의 시간
해와 달과 꿈벅꿈벅 눈을 맞추던
아가의 손이 하늘을 가리키면
달은 살짝 몸을 기울여
아가의 손끝에 달이 뜬다

모난 구석 하나 없는 둥글디둥근 녀석들이 빚는
세상에서 가장 아름다운 풍경이
하늘로 두둥실 떠오르다 우주로 번져나가는

허물을 따다

허공에 수평의 계단을 올리는 층층나무
중력을 거스르며 가지 끝을 당겨 올리는 가문비나무
교목들이 키우는 건 그늘만이 아니다
여름이면 수확하는 매미들의 과거들
딸아이가 분주히 나무 사이를 돌며
똑똑 따낸 시절들이 한 가득이다
나뭇가지를 부여잡고 있는
웅숭그래 열린 허물들
어리석은 시절 없이 처음부터 날개 단 것 있을까
오랜 세월 어리석음 속에 자라나는 것이다
한 번쯤 발가벗고 세상으로 나와 봐야
날개를 펴는 것이다
채집통에 담긴 여린 시절의 어리석음들
날개를 달고 바라보노라면
부끄러움도 서러움도 모두 사라져
그저 작은 시절을 모두 함축하는
열매일 뿐이다
부들부들 부끄러움에 몸서리치며
웅숭그린 나의 어린 시절과
오랜 성장의 시간들과 결별하며
층층나무의 너른 잎 사이로

가문비의 풍성한 잎 사이로
거칠 것 없이 제 소리를 내기 위해
열매처럼 허물을 맺는 것이다

목줄을 풀다

목줄을 단단히 매고 집 밖을 나서면
방울이는 목줄이 바짝 당겨지도록 나를 앞서 나갔다
산책로를 벗어나려 하면 줄을 당기고
날짐승 소리에 산비탈을 내려가려 할 때도
목줄을 힘껏 당겼다
이런 식으로 계속 산책을 하다간
녀석의 목이 남아나질 않을 것 같았다
오늘은 두 눈 질근 감고
방울이 목줄을 풀었다
녀석은 산책로를 따라 쏜살같이 달렸다
토실한 하얀 엉덩이가 보이지 않을 만큼
뛰어갔다 이내 내게로 돌아오고
다시 짧은 네 다리를 부지런히 움직여
자기 속도로 마음껏 달리다
다시 내게로 왔다
목줄을 푸는 순간 나의 산책도 자유로웠다
두 손을 마음껏 흔들며
나만의 속도로 산책했다
내가 쥐고 있는 수많은 목줄들
그간 가장 힘껏 당겼던 목줄
이러다 아이의 목숨이 남아나지 않을 것 같은

아이에게 매어진 목줄
14년 만이다
오늘은 두 눈 질근 감고
아이의 목줄을 풀겠다

왕관 앵무

하늘로 치솟은 머리깃털 서너 가닥 보다
붉은 연지 새긴 볼이 앙증맞아
연지 앵무라 부르기로 했다
오늘은 무슨 일로 시간이 남아
연지를 검지손가락 위에 올려놓고
손놀이를 해보았다
앵두마냥 붉은 볼 때문에
내게 광대짓이라도 할 줄 알았는데
머리 꼭대기에 몇 가닥 깃털을 세우며
제법 도도하다
쉽게 손을 허락하지 않는 녀석
왕관 깃털에 손이 닿을세라
입질이 사납다

고요한 시간의 가장자리에서
우아한 걸음으로 다가오는
노란 왕관을 쓴 귀족 앵무가
검지손가락을 지나
포르르 어깨 위에 자리 잡는다
눈이 부시도록 보송한 깃털을
교태로이 다듬는 너는

천생 왕관 앵무
고작 깃털 몇 가닥이 아니구나
남에 손에 쉽게 놀아나지 않는 왕관이구나

매일 아침 두 볼에 화장을 하고
손놀이에 길들여진 어여쁜 광대가
몇 가닥 안 되는 정체성을 세우며
포르르 머리 위를 향하고 있다

씨앗

생의 절반을 지상에 머물게 한 건
저승까지 좇아간 그리움이다

너는 아흐렛날을 떨어져야 닿는다는
저승에 몸을 웅크리고
운명에 이끌려간 어둡고 축축한 곳에
살아낸다는 것이 비루하지만
차가운 기운이 감도는 대지에 움트는 소리
깊은 그리움을 믿어본다

제 몸을 썩혀 생의 절반을 견딘 자에게만
홀씨의 날개를 달아준다는 신화
우리에게 주어진 모든 금기는 지켜지지 못하고
신화에서처럼 모든 것이 끝장나야 하지만
생활은 계속되었다
우리가 관계한 것에 소외되었고
우위에 서려 했고
돈에 얽매이고 말았다

끝나야 했다
이 모든 것이 수포로 돌아가

아흐렛날을 떨어져 몸을 웅크려야 했다
다시 비루한 생활을 견디며
햇살 아래 빛나게 할
망각의 강을 건너
두터운 어둠 속으로 전령을 보내올
봄을 기다렸다면

봄은 그리움이다
언 땅을 떠돌다
산 채로 어둠이 된
네게 닿은 그리움

온도와 기다림의 미학

꽃을 따뜻한 물에 우린다
꽃잎의 진한 색들이
찻물로 번지고
물감이 빠져나간 것처럼
허여멀끔한 꽃잎이 남는다
꽃잎을 채운 붉고, 파란 자아는
싸구려 색소처럼 이와 혀에 물들지 않은 채
눈과 귀, 코와 입으로 향기롭게 스민다

이것은 온도에 관한 이야기다

꽃잎은 70도에서 우려낼 때
비리고 쓴맛이 없으니
누군가의 향기를 마시고 싶다면
그에게 알맞은 온도로 다가가야 하는 법

한소끔 끓어오른 물의 김을 빼고
손을 대어도 데이지 않을 만큼의
온도가 될 때까지 기다리는
미학에 관한 이야기다

마른 꽃잎도 따뜻한 온도에서 다시 피어나듯
메마른 이가 찻물을 머금고 피어나
물감을 풀 듯 보랏빛 자아를 풀어내기 위한
온도와 기다림에 대한 이야기

꽃잎이 말라가는 순간 향을 매기는 것처럼
메마른 사람이 안으로 품은
깊고 진한 향을 위해
매일 준비하는 따뜻한 찻물

모

거실 깊게 들어선 햇빛 잡고
오도카니 앉아 엄마 기다린다
더깨 앉은 햇살 덮어 낮잠을 자다
엄마 냄새에 눈 뜨면
저만치 햇살이 물러나 있다

마땅 끝에 걸린 햇빛이 골목으로 걸음질 칠 때
빼꼼 열린 문틈으로
아이들 고무줄 하는 소리 술래 잡는 소리
문고리 잡고 놓질 않았다
한 발짝 내민 발이 시나브로 골목 끝에 오면
아이 무리에 발 들이지 못했다
어쩌다 어디 사노 몇 살이고 물어오는 아이도
저보다 어린 것에겐 싱거워했다
가게 옆 계단에 모로 남아 있으면
멀리서 알아보곤 훤하게 달려오던 엄마
그제야 양손에 별사탕 과자를 쥐고 집으로 가면
아이들 시선이 매달리며 따라왔다
엄마의 끈적한 냄새가 좋기만 하여
겨드랑이를 파고들던 어린 것을
모로 남긴 엄마

문고리를 잡고 쏟아지는 딸을 번쩍 안아
기특한 것 기특한 것 내뱉던 엄마
아침마다 언니의 가방을 매고 학교에 간다는 나를
유치원으로 보냈다
색연필, 스케치북을 담은 가방을 매고
햇살에 올망졸망 앉은 꽃을 따라 유치원에 들어서면
콩 시루에 콩 같은 아이들이 빽빽했다
아이들이 엄마의 손을 잡고 속속 집으로 가고
내 머리를 땋아 내리던 선생님의 손길이 집으로 가도
놀이터에 모로 남아 엄마 기다렸다

박쥐

어린 시절이었어
수술 부위의 열을 식히기 위해 쥐고 계시던
빨간 쭈쭈바는 내 혀에서 녹아 물이 들었어
스무 살이 넘도록 바짝 당겨진 뒷덜미가
누그러질 날이 올 거라 믿는 동안
혀는 나날이 붉고 비렸지
비린 것을 삼켜내는 힘은
시린 이가 생겨나 엄마의 젖꼭지를
꽉꽉 물어대던 그때의 힘
엄마의 오른쪽 가슴이
풍화된 구릉처럼 주저앉은 건
절반이 피였던 젖을 사정없이
빨아냈던 성장통의 흔적
목욕탕을 함께 갈 때면 엄만
오른쪽 가슴을 가리곤 했어
그럴 땐 입술보다 붉은 혀를 말아 넣었어
엄만 꺼져 가는 당신의 젖꼭지에
잠들기 전 씀바귀를 바르고 말았어
어둠 속 혀끝에 닿은 쓴맛을 뱉어내며
까무룩 잠이 들었지만
밤새 박쥐같은 혀가 알뜰히 씀바귀를 핥아냈어
아침이면 양귀비보다 붉게 피어 있었지

| 해설 |

몽상과 현실의 사이 건너기

채수영(시인, 문학비평가, 문학박사)

1. 프롤로그 – 시의 표정

모든 존재는 표정을 가지고 있다. 존재의 표정은 곧 개별의 이름을 획득하는 데서 시작하고 이를 구분하면서 정리하는 편리는 인간에게만 부여된 개념이다. 다시 말해서 언어는 인간만이 갖는다는 이론–앵무새는 흉내를 내는 앵무새일 뿐 자음과 모음의 구조를 갖지 않은 점에서 언어라 할 수는 없다고 언어학은 정리한다. 미물에는 미물로의 얼굴이 있고 인간도 저마다 다른 표정을 갖고 존재한다. 이를 개성이라는 말로 표현하면 저마다 다른 개성을 소유할 때, 그의 행동 양식 또한 다른 개별성을 갖는다. 인간의 언어 사용 또한 각기 다른 점에서 독특한 특성이 내포된다. 언어로 표현된 문학작품 또한 작가의 개성을 나타내는 표현일 때, 표정의 독특성은 곧 작품의 특성으로 정리된다. 시인의 시는 곧 시인 자신을 나타내는 언어의 조합이기 때문에 시적 개성이 함축미를 발휘하는 이른바 시와 질서의 요소가 약속처럼 전개된다. 질서란 의미의 질서와 내용의 정치(精緻)성을 의미하며, 시어가 함축미를 가질 때 시적 이미지의 탄력과 신선함의 표현미를 구축하게 된다. 결국, 시는 이미지의 구축술이라는 기교의 문제에 시인의 전 생애가 투사될 때 개성 있는 시인으로의 존재가 드러난다.

박진희의 시는 독특하다. 산문적인 호흡의 다양성이 자칫 독자의 순진한 의도를 혼란에 빠뜨릴 수도 있기 때문에 긴장(緊張)감을 갖고, 응시 내지 투시(透視)의 집중이 필요한 시이다. 그만큼 고도한 언어 구사와 조합에 특수한 조짐을 염두에 두고 그녀의 시를 독파해야만 한다.

2. 몽상과 상상의 사이

몽상(夢想)이란 말은 (꿈과 같은) '실현성이 없는 헛된 생각'이라 사전은 풀이한다. 그렇다면 시인은 범인(凡人)들이 보기에 헛된 생각을 뒤쫓는 사람이라는데 정확한 화살이 꽂힐 것이다. 실현성의 문제는 인간이 달성하려는 노력 여하에 따라 가능성의 문이 열리는 것이 공상(fancy)의 일종이고 여기서 비로소 상상력(imagination)이 길을 만들기 때문이다. 다시 말해서 공상에 질서를 찾아내면 그것이 상상이 되고 다시 상상은 현실에 적응하여 비로소 '쓸모 있는'것으로 처리될 수 있기 때문이다. 상상력에 관한 코울리지의 이론은 1817년 출간된 《문학 평전》에서 섬세하게 묘사되고 있다. '그는 인격의 통일성을 추구했던 사람이며 시적 상상력은 이를 성취하기 위한 수단이라고 믿었다' 아울러 위대한 시인이기 위해서는 심오한 철학자이어야 한다는 지론을 믿었던 시인이다. 시인은 때에 따라 몽상의 배회를 일삼는 사람일 수도 있다. 이는 일종의 신명(神明)에 잡혀있을 때, 몽상은 신비의 문을 방문하는 체험의 요소가 될 수 있기 때문이다. 박진희의 '몽상 물고기=몽상의 시인'이라는 등식을 맞추어놓고 보면 그의 시에 담겨진 언어유희(言語遊戲)가 어떤 지향점을 가질 것인가를 유추하게 된다. 이제 시로 대입하면서 의식의 문으로 들어가기로 한다.

1) 돌의 미학

돌을 시적 오브제로 삼을 때, 우선 침묵의 시간을 떠올리게 된다. 그뿐이 아니라 돌에는 무수한 언어가 담겨있어–마치 언어 이전의 언어를 발견하는 것은 예민한 사람이라야 가능한 일이다. 언어란 매우 부정확한 지시의 개념이다. 가령 사전에서 어머니는 '나를 낳은 여인'이라 설명되고 물은 수소 2에 산소 1의 결합이라야 정확하다. 그러나 일상에 이런 뜻은 아주 생소하고 낯설어 버리고 싶은 개념일 것이다. 그러나 시적인 언어의 어머니는 따스하고 안온하고 사랑의 종착지와 같은 이름일 뿐이지 나를 낳은 여인이라는 말은 너무 드라이하다. 역시 시인의 상상력은 쓸모없는 몽상 꾼이 아니라 절대 필수의 언어를 창작하는 신비의 사람–시인이다. 이를 상징하는 가장 적절한 이미지는 침묵의 사도(師徒)인 돌멩이를 떠올린다. 여기서 언어 이전의 언어를 동원해야 하고 침묵과 침묵에 엮어져 비로소 뜻이 소통될 때 불가에서 말하는 이심전심(以心傳心)이나 심심상인(心心相印)의 경지를 방문하게 된다. 박진희는 돌과의 대화 속에 그의 시적 철학을 담는다. 예로 들어간다.

말이 생기기 이전엔 돌멩이로 대화를 나눴다는데
돌이 가진 질감 색감 무게감으로 마음을 나눴다는데
우울한 날 꽁무니로 늘어진 그림자 같은 돌
상처 받은 날 채석장에 막 따낸 모가 도사린 돌
즐거운 날 아가 볼 같은 돌을 쥐어줬다는데
아비와 자식이 주고받은 돌의 무게는 어떨 것이며
자식은 평생 그 무게를 짐작해야 했겠지
말이 닿기 전 모양과 무게가 먼저 닿아 느낀다는 게
말을 줄인 행간을 읽어나가는 것처럼 진중했겠지
무게를 실을 수 없는 말
가벼운 말의 시대에
가만히 나의 돌멩이를 주우러 간다
내게 원시적 직감이 남아 있길 바라며
누군가의 돌멩이었을 말들을 하나씩 느껴보기로 한다
난 말 없는 시대가 답답했을 거라 여겼지만
말의 시대가 더욱 갑갑함을 느낀다

-「돌멩이 대화법」에서

긴 시에 일부를 옮겼다. 해도, 전달의 묘미는 충분하다. 불교에서는 말을 숨기는 법-묵언(默言)의 방도를 설한다. 혀는 화(禍)

의 근원이고 말 많음은 결국 자기를 버리는 부유(浮遊)의 삶을 살아가는 헛된 망상에 사로잡히는 그물이 곧 말이라는 뜻이다. 때문에, 말을 줄이고-이점에서는 시인 역시 말을 줄이고 함축하는 일이 시 창작의 근본이기 때문이다. '말이 생기기 이전'의 돌은 천고의 언어를 담고 있을 뿐 한 마디 말로써 의사를 전달하려 땀을 흘린 적이 없다. 그러나 돌에는 무수한 언어의 골짜기가 담겨있어 강과 산이 있고 하늘이 있고 구름이 있는 풍경이 담겨있어 눈을 뜬 자는 이를 발견할 수 있어 대화의 창구가 열리는 길이 보이지만 청맹(靑盲)의 인간들에게는 그저 돌멩이로 존재할 뿐이다. 아울러 돌에는 온기가 담겨있을 뿐만 아니라 이웃과의 대화를 건네는 손짓이나 몸짓이 말을 하지만 그 전달의 묘미는 알 수 있는 '깨달음의 사람'에게 가슴으로 전달되는 의미일 뿐이다. 그렇다면 인간사는 어떨까? 날로 두꺼워지는 사전의 부피가 늘어나도 인간 사이에 갈증은 여전하고 다시, 만들어지는 언어의 숲에는 온갖 굴신과 비겁과 쓰레기가 더미를 이루면서 '가벼운 말'의 생산에 열중한다. 이런 현상을 '난 말 없는 시대가 갑갑할 거라 여겼지만/말의 시대가 더욱 갑갑함을 느낀다'는 고백은 아주 진솔한 판단이다.

언어에도 무게가 있다. 특히 시인은 이 언어의 무게를 실감하고 어떻게 적절하게 배열하고 처리할 것인가의 감각은 결국 시적 성패의 관건이라는 점에서 언어의 무게를 나는 특별히 주장한다. 이는 언어를 사용할 줄 아는 시인의 감수성에서 나오는 탄식이자 서글픈 현실을 고발하는 내용이다. 모든 시인이 그런 것은 아니다. 박진희의 높은 언어 감각에 대한 소회(所懷)이기에 경각심을 불러일으키는 시적 맛이다. 이뿐이 아니라 모든 사물에도 무게를 감지하는 촉수가 담겨있어 그 나름의 존재를 경중으로 나타낸다. 가령 사람에도 무거운 사람이 있고 가벼운 사람이 있는 것- 이는 실재의 무게가 아니라 인격으로의 무게를 갖는다는 뜻이다. 진중한 사람에게서는 신뢰가 담기고 팔랑개비 같은 사람에게서는 가벼운 인격의 무게가 확실히 있을 것이다. 여기서 돌의 미학이 곧 예술 미학의 문을 상징하는 소재로 철학적인 길을 담보(擔保)하고 있는 시가 박진희의 시적 특징이다.

2) 자신 돌아보기로의 친구

나를 아는 것은 세상을 아는 것이고 세상을 파악하면 삶이 길이 보인다. 때문에 소크라테스도 산파술(産婆術)의 가치를 말하는 '너 자신을 알라'는 델포이 신전의 글귀를 전파하려 노력했다. 인간 파악의 궁극의 종착점은 나를 아는 것이 시작이고 끝이라는 점에서 나는 대상화로 존재한다.

나는 시작이고 종점이라는 의미에는 나와 다른 너를 상정(想定)할 수 있을 때 존재의 너와 나의 사이에 많은 문제가 내재한다. 여기서 파생되는 일들을 삶의 요소라 칭하면 궁극에는 너와 나를 해결하는 문제는 항상 복잡한 수순을 정리하는 길로 나아가야 한다. 그러나 삶에는 구절양장(九折羊腸)의 고비와 꺾임이 있고 또 희와 비가 엮어지는 일이 비일비재하다. 결국, 하루를 산다는 것은 하루의 문제를 해결하거나 미지수로 남겨 놓으면서 등성이를 넘어 내일이라는 등불 곁으로 가려는 것이다. 〈구절초〉는 말 그대로 꽃의 이름이지만 아홉 번 꺾어지는 음으로 새기면 사는 일의 가파름도 떠오른다.

아홉 번은 꺾여야 꽃이 된다
아직도 내게 오만이 남아 있다니
교양인인 척 아무리 숨겨 봐도
마음속에 나보다 못한 이라 새겨두면
누군들 알지 못할까
올 가을이 오기까지
내 안의 오만들을 뚝뚝 꺾어내면
아홉 마디 굵게 새긴 꽃이 되겠지
온 산을 뒤 덮는 눈 시린 꽃이 될 게야

-「구절초」

꽃은 때로 완성의 이미지로 다가든다. 온갖 시련의 매듭을 지나 굴곡의 시련을 넘어설 때 인간은 숙성의 길을 만들면서 자아 성숙의 이름을 얻게 된다. 어디 쉽게 이루는 길이 있으며 공짜로 얻는 성공이 있던가. 꽃이 피는데도 비바람 눈보라의 신산(辛酸)한 고비를 수없이 넘어서 비로소 꽃으로 이름을 얻기까지는 고달픈 여정을 소화해야만 목적지에 당도할 수 있음이다. 인간 역시 태어나서 청소년기를 지나 고달픈 청춘의 날개를 퍼덕이면서 날아야 하는 소명을 띄우면서 비로소 인간의 길에 들어설 수 있다. 꽃과 인간은 이 점에서 등가(等價)를 공히 나누어 갖는 존재물이다. 시는 이런 가치를 은유라는 장치를 마련하여 교훈적인 종점으로 안내한다. '내 안의 오만들을 뚝뚝 꺾어내면/아홉 마디 굵게 새긴 꽃이 되겠지'에서 시인은 비로소 꽃으로의 이름에 완성의 초점을 맞춘다.

이를 이루기 위해서의 조건은, 벗겨진 자기를 만들 때 비로소 문이 열릴 것이다. 감추고 감싸는 이름으로는 결코 진실의 문이 열리지 않을 것이기 때문이다. 그러나 인간은 자기를 은폐하려는 속성 때문에 항상 시련의 골목을 지나는 나그네일 뿐이다. 그만큼 나를 아는 일이나 나를 드러내는 진실의 경우는 드물 것이다. 앞에서 나를 아는 것이 지혜의 최종 목적이라는 의미를 새삼 새길 필요가 있게 된다. 나는 항상 어둠 속에서 외출을 준비하면서 위장술로 감싸는 일이 다반사이기 때문이다.

나와 또 다른 나를 만나는 일은 매우 흥미 있는 일이다. 이는 타인과의 교섭에서 비로소 나를 발견하는 절차가 나타나기 때문이다. 너는 나의 거울이라는 의식이다. 이는 친구라는 이름으로 거울이 된다.

내게 가을 같은 친구 하나 있음 좋겠네
반들반들한 콘크리트 바닥으로
또박또박 걸어 다니는 아픈 발에
폭신폭신한 낙엽 깔아주는 그런 친구
가을이 오는 때도
가을이 가는 때도
반들반들한 건물 벗어나지 못한 내게
집으로 가는 차 안으로
바스락거리는 가을 옮겨다 주었으면
그럼 나는 가을이 머무는 내내

가을 밟기를 할 수 있을 텐데
눈부신 파란 하늘 아래
나뭇가지에 달린 오색 단풍 구경보다
더 오래도록 기억할 가을이 될 텐데
내게 가을은 잃어버린 계절
몇 해가 지나도록 가을 잊고 사는 나의 생을
알록달록 말라가는 낙엽으로 깔아 줄
그런 친구 하나 있음 좋겠네
그럼 나는 가을이 머무는 내내
친구가 선사한 가을이라 자랑하겠네
내게 계절 하나 근사하게 선물한 친구라 자랑하겠네
내년이든 이듬해든 다가올 모든 가을이
딱딱한 생의 발아래 머무를 텐데

–「가을 밟기」

거울은 그 자체로 현실을 반영한다. 다시 말해서 현실을 보여주는 것이 진실이라는 점에서 거울은 곧 자가발견의 모티브를 제공하는 또 다른 의미가 추가된다. 앞에 보이는 존재를 우상이라고 말하는 것은 아니다. 그러나 거기 보이는 존재는 나와 같은 의미일 뿐 거기엔 숨소리라거나 생명의 호흡이 담겨있지 않는 신기루라는 뜻이다. 내가 지나면 거울 속은 항상 텅 빈 기다림으로 그 자리를 지키고 있을 뿐이다. 그 때문에 거울은 곧 나르시스의 물과 비유되면서 자아발견의 도구로 사용하지만, 생명 그

자체는 분명 아니다. 나의 또 다른 나와 만나는 점에서 비교가 아니고 동일성(同一性)으로 치부한다. 윤동주나 이상 또한 그들의 시에서 거울은 항상 만나야 할 존재 너머의 존재라는 안타까움을 부가했다. 정작 만나서 시시덕거리는 일은 갈증과 허무로 마지막을 장식하기 때문이다. 친구 또한 곧 거울이다. 이 명제 앞에 분명 거부의 몸짓은 없지만 달리 방도가 없을 때 만나고 싶은 발심(發心)이 드러난다.

투명한 가을 하늘은 그 자체로 거울이다.

'가을 같은 친구 하나 있음 좋겠네'의 갈망이 드러난다. 그리고 이유를 설명하는 말이 '폭신폭신한 낙엽 깔아주는 그런 친구'나 가을 하늘 아래 '가을 밟기'의 다소 낭만적인 여유를 가진 친구의 그리움 혹은 말라버린 마음에 물기 촉촉 적셔줄 '알록달록 말라가는 낙엽으로 깔아줄'이나 근사한 친구 혹은 청명한 가을을 선물한 친구로서의 갈증이 마음을 재촉하는 것은 친구에 대한 갈증이면서 인간에 대한 갈증이 자리한 것 같다.

이런 마음은 누구나 갖는 현상이다. 왜냐하면, 인간은 본질적으로 홀로이고 그 혼자의 고독을 감내하면서 위로의 대상을 찾아 방황하는 것이 생의 이름이기 때문이다. 투명한 가을에서의 갈증은 시인의 마음이 그리는 청순한 풍경화인 셈이다.

3) 존재 -그림자 추적하기

인간은 자기 삶의 문제를 처음부터 끝까지 추적하는 일생을 살아야 한다. 다시 말해서 철학자 비트겐슈타인이 주장한 것처럼 〈파리 잡는 항아리〉의 존재-일정한 세계에 들어갔지만 벗어날 수 없는 운명적 한계의 존재로의 일생을 살아야 한다. 태어난 것이 불만이라 해서, 이 세상의 항아리를 벗어나겠다는 주장은 어디에도 통하지 않는다는 사실은 결국 운명이거나 숙명의 그늘이 가리워진다. 쉬운 예를 들자면 물고기를 잡는 어항에 들어간 물고기는 결코 어항 속을 벗어날 수 없는 처지를 인간에 빗댈 때 어떻게 살아야 할 것인가를 숙고하는 지혜가 오로지 앞서야 할 뿐이다. 결코, 어항을 깨뜨리는 일은 존재한 자는 할 수 없는 일이기 때문이다.

존재에는 모두 그림자가 있다. 이 또한 떨쳐버릴 수 없는 존재의 끈이라는 사실에서 더불어 함께 가는 숙명의 그림자라는 사실이다.

나는 전생에 무엇이기에
이토록 적막한 섬에 와 있는가
낙엽처럼 내려앉았다
사라져 버리는 작은 새들처럼
세간에 빛나는 것들은
가까이 내리다 허방에 멀어지는가
자줏빛 목련 묵직이 떨어지고
패랭이 요란스레 피어나도록
나는 아무것으로도 형성되지 않았다
가문비 갈매나무 오랜 밤나무들이
쓸쓸히 높아지는 계절이나
교목들이 온몸으로
하얀 바람을 막아주는 계절 즈음

어느 심약한 시인의 마음으로
서러운 운율을 짓고 있는가
이런 게 다 무엇이기에
파랑새가 날아간 사람들의 마을로
따라 나서지 못 하는가
나는 애초에 아무것도 아니었기에
고요히 꽃대를 세우며
더디게 자라는 씨앗들을 돌보려고
도돌이표처럼 여기에 머무는가
부단히 존재를 증명하는 살아있는 것들의
울림만이 허방을 채우는 이 섬에서
가난하고 나지막하게 살아왔는가
내 다음 생은 서러움 없이
처음부터 꽃대를 세우고
정갈한 씨앗으로 맺은 열매로 배를 채우는
삶을 벅찬 가슴으로 받아들일 수 있다면

—「카르마」

인간은 태어나자 섬으로 살아간다. 고독과 외로움과 슬픔과 기쁨이 교차하는 상황을 이끌면서 오로지 내일이라는 희망을 앞세우고 필연의 섬에서 희로애락의 그물을 교직(交織)하면서 살아가는 존재—누구나 섬일 뿐이다. 결국, 위장하고 탈출을 꿈꾸지만, 어느 것도 아닌 상태의 무(無)로의 귀환에 당도했을 때 생의 그림자는 떨어져 나간다. 불가에서 카르마(karma)는 몸, 입이라는 뜻으로, 짓게 되는 행동을 업(業)이라 부른다. 살아있다는 것은 이런 상황에서 결코 자유로울 수 없는 한계(限界)내 존재(存在)하는 것으로, 희망가를 앞세우고 앞으로 나아가는 가락을 연출하는 임무가 시인에게 지워진 숙명이다.

'적막한 섬'에 스스로가 머물고 있다는 자각의 성(城)이 공고함을 느낄 때 시인은 숙고로의 돌아봄을 가슴에 담는다. '허방' 이나 '무형성' 그리고 살아 '서러운 운율'을 읊조리면서 되풀이되는 일상에 고독한 몸짓이 나타날 때, '이 섬에서 나지막하게 살아왔는가'의 자각은 '내 다음 생은'으로의 연결고리를 갖는 사고가 넓어진다. 아울러 미래를 잉태하려는 의도가 '정갈한 씨앗'에서 내일의 기다림이 서성이고 있는 시의 마무리이다.

이런 시적 기조는 〈병목 구간입니다〉나 〈목줄을 풀다〉에서도 섬 의식으로 출몰한다.

축제장으로 가는 길목은 늘 붐비고
앞뒤가 꽉 막혀 돌아갈 수도 없는 길
기다림의 시간은 언제 끝날까
창문이 없는 반 지하방
기어서 올라야 할 옥탑방
책상 아래로 다리를 뻗고 누우면
벽에 정수리가 닿는 고시원
이곳은 참 아프다

…생략…

우린 섬에 갇힌 쥐라고
섬이 늘어난 개체로 우글거리면
낙사하고 싶은 밤이 될 거야

…생략…

꽉 막힌 대로에 늘어선 차들과
인사도 없이 즐거운 안녕

–「병목 구간입니다」에서

'얼마는 저승 쪽에 기울고/남은 얼마를 이승 쪽에 기운/눈부시어라/섬은 사랑의 모습이네' 박재삼 〈섬〉에서 섬이 아름다움으로 치장된 이미지가 빛난다. 그러나 섬은 '꽉 막힌 대로'에서 좌회전과 우회전의 자유를 앗아간 처절한 처지가 일종의 교통– 잼팩으로 숨 막히는 존재의 형상으로 이미지가 풀려진다. 또는 '창문 없는 지하방' 고시원의 옹색한 존재의 모습이 참담하다. 이 둘의 이미지는 인간 모두가 처한 상황의 보편적인 모습이다. 그렇다면 어찌할 것인가? 시인은 문제를 제기(提起)하지만, 답을 마련하는 노래꾼은 아니다. 이는 독자가 알아서 찾아내는 숙제일 뿐이다. 「목줄을 풀다」에 이르면 누구도 그 목줄에서 자유로운 존재가 아니다는 비극 인식이 앞장선다.

목줄을 단단히 매고 집 밖을 나서면
방울이는 목줄이 바짝 당겨지도록 나를 앞서 나갔다
산책로를 벗어나려 하면 줄을 당기고
날짐승 소리에 산비탈을 내려가려 할 때도
목줄을 힘껏 당겼다
이런 식으로 계속 산책을 하다간
녀석의 목이 남아나질 않을 것 같았다
오늘은 두 눈 질근 감고
방울이 목줄을 풀었다

여기서 시인은 강아지의 주인이다. 이 주인을 달리 부르면 조종의 존재-가령 신이라 부르자- 목줄을 잡고 자유를 제한하고 한계를 설정한 거리가 결코 떨어지는 것을 용납하지 않는 절대 권력을 소유한 주인의 명령에 따를 뿐인 방울이의 처지이다. 그러나 신은 이 가여운 존재의 죽음을 예방하기 위해 '나만의 속도로 산책'하고 '목줄을 풀어주고'의 시혜(施惠)를 베풀면서 조종의 열쇠를 쥐고 산책하는 임무의 주인이다. '목줄을 힘껏 당겼다'에서는 자유의 구속이고 죽을 것 같은 기력이 다함을 보고는 '목줄을 풀어주는'-'녀석은 산책로를 따라 힘껏 달렸다'에서 희비(喜悲)의 교차가 슬프게 다가든다. 방울이를- 인간으로 환치(換置)하면 객관의 정경이 참담하게 보인다.

4) 씨앗과 몽상의 물고기

씨앗은 우주를 담는 그릇이다. 이 그릇은 때로 천년을 어둠 속에서 살기도 하고 물과 공기와 햇빛을 만나면 언제라도 세상의 문을 열어젖히고 노래를 부르는 모습으로 현현(顯現)한다. '농사꾼은 죽어도 씨앗을 베고 죽는다'는 속언이나 장자(莊子)에서도 '미혹(迷惑)의 종자는 어둠 속에서 큰다'는 말들이 있다. 전자는 씨앗의 소중함이고 후자는 불행 혹은 악의 길을 의미한다. 종자는 시작의 예비 단계이고 여기서 우주의 숨소리는 기다림을 키운다. 종자를 둘러싸고 있는 핵(核)은 언제나 껍질의 위호(衛護)를 받아서 적당한 기온과 햇살의 은혜를 받을 때 생명으로 숨을 쉬게 된다. 이는 시간을 넘어가는 등성이의 개념일 수도 있고 끈질긴 기다림의 시간을 경과하는 뜻이 담길 수도 있다.

우표 한 장으로 보낸 씨앗은
꽃으로, 한 세대가 먹을 열매로 돌아온다
씨앗은 무게가 없기에
어디로든 간편히 보내어져
그릇이 빈 채로 돌아가는 법이 없듯
이웃들의 텃밭과 과수원, 화원을 꼭꼭 눌러 담은
세상에서 가장 작은 그릇으로 돌고 돈다
우리의 이웃은 옆옆 집으로 머물지 않고
우표 한 장으로 맺어진
모든 사람들이 이웃이 된다

—「씨앗 나눔」에서

한 포기의 김장 김치가 이웃으로 돌아다닐 때 그것은 인정의 교류이고 나눔의 행복이 된다. 고독한 섬의 존재가 비로소 이웃과 체온을 나누는 길이 열리는 것은 나누어주는 의미-씨앗으로의 키움을 생각하는 시인의 의도가 빛난다. 어디든 한 장의 우표를 붙이면 가볍게 돌아다니는 정감이고 세상에서 가장 작은 그릇이지만 결국 큰 의미로 이웃과 엮어지는 상징이 결코 가벼운 것이 아니라 크고 웅대한 매듭을 형성하는 인간 산맥의 구축이다. 이는 비유로 종자에서 '모든 사람이 이웃이 된다'는 자발성에서 전달되고 다시 전달되는 우표의 기능이 확대되는 삶의 현장으로 풍경화가 된다.

시는 상징과 비유로 엮어지는 세상의 품평일 것이다. 이는 시적 장치의 다양성-시론은 이런 다양성을 더욱 구체화하는 방법을 제시하면서 시인의 빛나는 의도로 승화할 때, 시인이 구축하는 성(城)의 주인으로 당당히 나설 수 있다. 다시 말해서 비유의 장치를 동원하여 형이하학의 삼차원의 세계를 섭렵하기도 하고 때로는 4차원의 형이상학의 고답(高踏)한 세계를 유영하는 조종자의 임무에 헌신하게 된다. 시를 쓰는 이유가 여기에 있고 시를 창조라는 이름으로 불리는 이유도 여기에 있다. 자유자재의 존재가 시인이기 때문이다.

눈이 머리 위에 붙어 있어 어쩔 수 없이
하늘을 보게 된 물고기 있지
별을 보는 게 운명인 물고기는
몽상가이자 점성가라 불렀어
모래 속 가만히 몸을 숨기고

지나가는 먹잇감을 기다리는 사냥꾼

…생략…

어깨를 짓누르는 두터운 무게를 걷어내고
별들이 들려주는 이야기를 끝도 없이 바라보게 됐지
내 눈은 정면을 응시하지만
고개를 뒤로 재껴 하늘을 바라볼 수 있거든
눈앞에 떡하니 보이는 먹잇감을 지나 하늘을 바라보는 게
밤새 묵직한 어둠을 걷어내고 별과 만나는 일이
별들의 이야기를 따라 점성가나 몽상가가 되는 일이
내겐 운명처럼 다가오는 일이 아니었단다

…생략…

그날그날 소진해 버리면
다시 아래로 아래로 끝도 없이 가라앉아
까마득한 어둠 속 후미진
밑바닥의 물고기가 되어버리는 거야
그때 서야 나는 몽상을 하게 되는 거야

―「몽상 물고기」에서

세상을 살아가는 일은 땅이나 하늘이나 매일반으로 어렵다.

설사 땅이 싫다 해서 하늘에서 산다 해도 혹은 지하에서 산다 해도 또는 물속에서 산다 해도 그것은 모두 어려움의 연속이고 지난(至難)한 고통의 지불(支拂)이 없이는 어떤 것도 만족의 대가는 없다. 그러나 물속에서 유영하는 물고기를 사람이 바라본다면 아름답다고 말할 것이지만 실제로 물고기는 그런 낭만을 누리는 것이 아니다. 고해(苦海)의 이미지는 땅이나 하늘 혹은 바다라 해서 다름이 없는 비유일 것이다. 어떻게 존재하는가의 문제 즉 살아가는 일이 오로지 문제의 아픈 본질이기 때문이다.

앞에서 시인은 몽상가라 했다. 이는 달리 말하면 신명의 깊이에 빠질 때 비로소 얻게 되는 경지일 것이다. 무당이 신이 잡힐 때, 비로소 신과 인간의 다리를 연결하는 것처럼 그런 경지를 몽상의 일차적인 관문으로 생각한다. 시인은 때로 주술사의 임무에 헌신하는 존재일 수도 있다는 뜻이다.

의식과 무의식의 다리를 연결하는 시심(詩心)은 곧 몽상의 깊이를 방문하는 횟수가 잦을 때 시의 신은 이름을 불러주는 기쁨에 시의 문이 열릴 것이다. 몽상은 자의식이고 이 자의식으로부터 의식으로 건네는 작업은 몽상 물고기가 유영하며 아름다움의 풍경을 연출하는 장면으로 이뤄진다. 사실 시인이 무의식의 깊이에 담겨있는 재료를 꺼내는 것은 맨 정신으로는 불가능하다. 미친 자의 생각을 가질 때 몽상이 시작되고 시의 문이 열리어 유영의 세계와 만남이 시작되기 때문이다. 하늘을 바라보는 물고기 혹은 땅을 파 내려가는 행위 속에서 '밑바닥의 물고기가 되어버리는 거야'의 경지에 당도하여 꺼내는 몽상의 길은 넓게 펼쳐진다. 박진희의 시는 여기서 길이 이어지고 그의 시적 공간이 확대되는 필연을 만난다.

3. 에필로그 – 꿈꾸는 자의 자유

'꿈꾸지 않으면 날은 밝지 않는단다'의 명제처럼 시인은 꿈꾸는 몽상의 길이 있을 때, 시의 표정은 열리고 여기서 시인의 시적 길은 나그네의 행로를 터벅이게 된다. 결국, 몽상은 시적 에너지의 근간이고 여기서 시심(詩心)의 행로에 조종간을 잡고 하늘이나 땅 혹은 지하의 세계를 섭렵하는 여정이 펼쳐진다. 박진희의 시에는 산문적 미로(迷路)가 있음도 사실이지만 언어를 공그르는 장인 솜씨의 맛깔도 유난하다. 꿈꾸는 자유는 곧 몽상의 자유와 같을 때, 개성 있는 표현의 묘미는 점차 숙성의 미래를 예견하는 데, 주저함이 없을 것 같은 박진희의 시적 특성이다.